人魚の嘆き
魔術師

人鱼的叹息
魔术师

［日］谷崎润一郎——著
秦岚——译

上海译文出版社

目　录

人鱼的叹息
1

魔术师
51

人鱼的叹息

很久很久以前，爱新觉罗氏王朝还如六月牡丹一样繁盛耀眼的时候，在中国的大都市南京，住着一位年轻美貌的贵公子孟世焘。这位贵公子的父亲曾经在北京的朝廷做官，深得乾隆皇帝宠信，功绩显赫，也拥有令世人侧目的万贯家财。然而，在唯一的儿子世焘年纪尚幼之时，他却撒手人寰。父亲逝去并无多时，贵公子的母亲也履其足迹，追随而去了。为此，留在世上的孤儿世焘理所当然地成为了这堆积如山的金银财宝的唯一拥有者。

世焘年纪轻轻，金钱在握，还因袭了家世门庭。拥有了这一切的他本就已经是一个交上十分好运的人了，可他的好运远远不止于此，他还拥有世上罕见的美貌与才智。雄厚的资财、俊秀的眉眼、明敏的头脑，这三项无论他拿出哪一项来，整个南京城都没有任何一位青年能与他相匹敌。与他斗富游乐、争夺教坊花街美妓、作诗文一较高下的男子，无一不一败涂地。于是，南京所有烟花巷中的女子怀抱着一个共同的愿望：哪怕只一个月，或是半个月也好，让这位美貌贵公子成为自己的情人。

世㮾在此种情境中终于走过了少年时代，随即，他便开始去妓馆饮酒，用那时的话叫作尝到了窃玉偷香的滋味。等到了二十二三岁，他几乎享遍了放浪中的放浪、豪奢中的豪奢。也许是出于这个缘故吧，近来他精神有点萎靡不振，无论去什么地方都只觉得乏味，终日笼居家中，昏昏沉沉地打发无聊的日子。

"怎么了您，这阵子没精打采的？到繁华之处玩玩不好吗？您这岁数离厌弃酒啊色的还早着呢。"

酒肉朋友倘或有人来这么勾搭时，贵公子总是一副慵懒的眼神，高傲地嘲笑道：

"嗯……我嘛，不厌酒，也不厌色，可是所到之处有一点好玩的事吗？我早就腻烦这城里遍地的女人和酒气了。但凡能有一点点快活的事，我随时都会同去的，只可惜……"

在贵公子看来，大好的青春却一年到头沉溺于了无新意的烟花巷中的女人、讴歌千篇一律的放浪的生活是堪怜的。如果沉溺女色，那就应是不寻常的女色；如果讴歌放浪，那就应是常新的放浪。贵公子心底里燃烧着这样的欲火，而能带给他满足的目标尚未出现。无可奈何，且歇闲宅邸罢了。

然而，尽管世袭有无尽的家私，他的寿命却是大限前定的，还有这水润的容貌，也并非永葆不变。时而，贵公子念起这一层，坐立不安之感就会袭上心头，陡然间便欲去及时行乐。他想，无论如何都要趁现在本少爷年轻的容貌尚在，把疲软的生活提起来，让渐渐冷滞的内心深处，再度激情沸腾！就在这眼下，再来一次两三年前的那种昂奋——没日没夜地沉湎饮乐、艳戏而不知疲倦的昂奋！然而，他虽如此

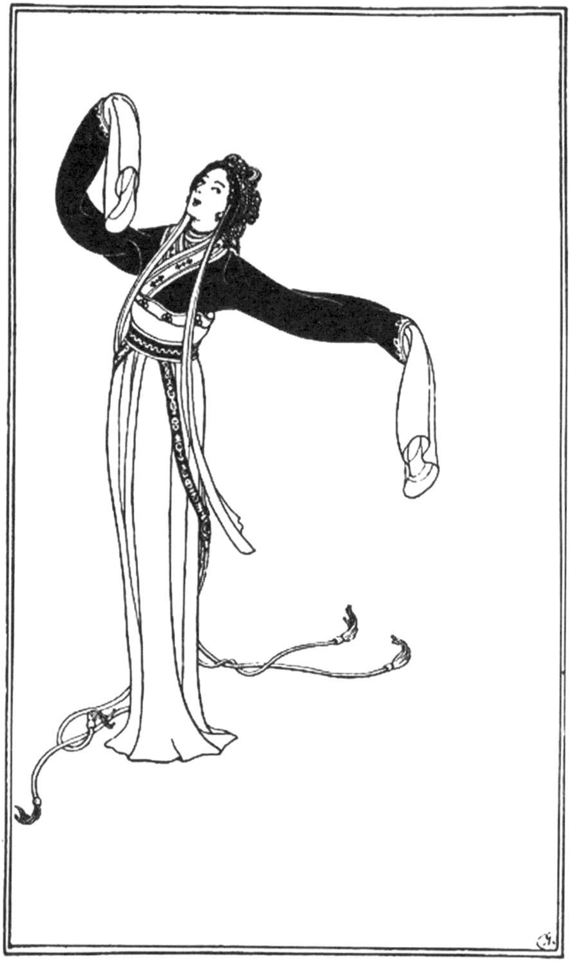

这般焦虑，可今天也不例外，仍是既没有新口味的刺激，也没有新法子能让他达到极上的享乐。对于早已遍历巅峰享乐和各种痴狂的他来说，超越此上的新乐子，在这个世界上恐怕是不可能有的了。

贵公子无计可施，便命人把自家酒窖里的珍贵藏酒尽数拿上桌来，又从城内教坊来自各地的美女中挑选出七个才色超群的佳人，纳为侍妾，让她们分别住进七个绣房中。至于酒，首先当仁不让的是甜而烈的山西潞安酒、淡且柔的常州惠泉酒，之后是苏州的福珍酒、湖州的乌程酒、浔酒……从北方的葡萄酒、马奶酒、梨酒、枣酒到南方的椰浆酒、树汁酒、蜜酒等，四百余州名声响亮的美酒，每日朝食夕膳时都注满了觥筹交错的酒杯，润养着贵公子的嘴唇。可是，这些酒的味道对于贵公子那品惯了酒的舌头来说，也不可能额外地带来多少新奇的感受。他喝了醉，醉了欢，心中总是觉得意犹未尽，还缺点什么，曾经的那种神思飞扬的兴致再也没有出现过。

"相公为啥每天都忧郁不欢、拉着一张提不起劲头儿的脸呢?"

七个侍妾不解地互相嘀咕着,各自使出绝活儿来讨贵公子欢心。大妾红红有副好嗓子,一有点闲空就拉上把玩精通的胡琴,一展婉转的歌喉;名唤莺莺的二妾诗作得好,逢着场合定会找到一个好玩的话题,让小鸟似的甜舌蜜嘴吐出连珠的秀句;以雪肌冰肤傲人的三妾窈娘,爱借着酒劲儿夸耀自己的两条玉腕;会卖乖巧的四妾锦云总是让酒窝挂在丰满的香腮上,微笑着展示出石榴籽一般排列整齐的牙齿;五妾六妾七妾也都各恃所长,频频争宠。而贵公子呢,对她们中的任何一个都没有显出格外的偏爱。以世间的眼光来看,她们个个都是绝世美人,可是放在傲慢的贵公子这里,到底和酒一样,对那份殊艳已不感其奇、不见其美了。对于这位一心寻求强烈的刺激,期盼将身心沉入永恒欢喜、永恒恍惚之中的贵公子,一味劝以身边的美酒、美人,怕是难于满足了。

"钱,多少都出,就没有更奇的酒吗?就没有更艳的女人吗？"

在贵公子宅邸进进出出的商人们经常听到贵公子如是的发问，可至今为止，也没有谁带来了得到他褒奖的佳人、美酒。这期间，也有听到贵公子所喜所好传闻的奸商，为了钱不辞远途，从全国各地、四面八方奔到贵公子身边，兜售来路不明的赝品。

"大人您看哪，这可是我从西安老铺的仓库里淘弄来的，一千多年前的酒呢！据说这是唐代早先张皇后喝上了瘾的有名的鸥脑酒。再看这个，这个啊也是唐代的，说是顺宗皇帝爱喝的龙膏酒。要是您觉得我在扯谎，那您就快看看这酒壶的老相吧，一千年前的封印还这么好好地贴着呢。"

瞅着眼前这番兜售，刁钻的贵公子默不作声地听完，才慢条斯理儿地哂谑道：

"啊呀，真是能说会道，佩服佩服。可是，倘若你打定了主意来蒙我的话，也稍微长上点见识再来吧。那酒壶是江南南定窑的东西，南宋以前没有这玩意儿。唐代的名酒封在宋朝的陶壶里面，滑稽之

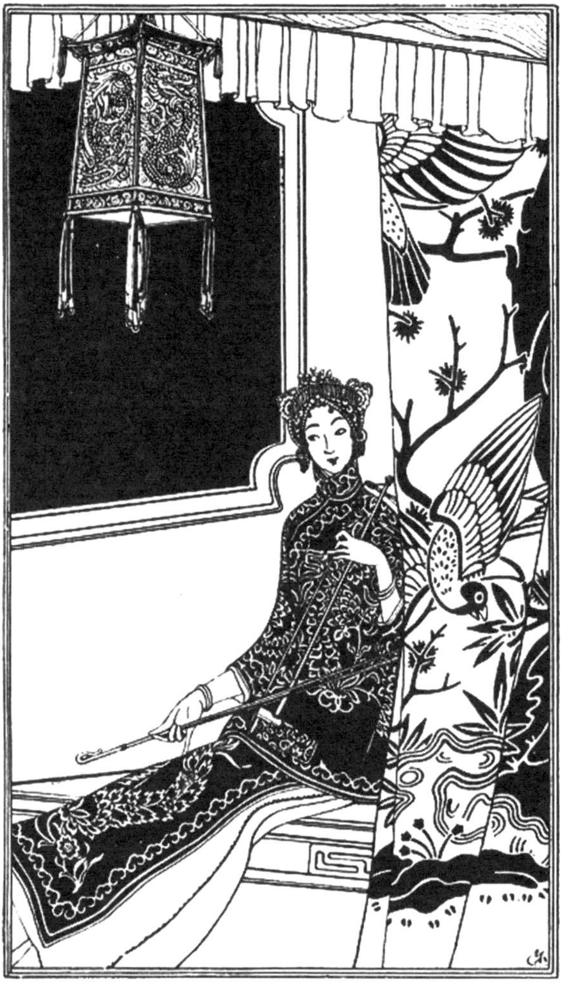

甚了！"

　　被这么一说，商人一句也接不上来，冷汗直流，慌慌逃退。

　　实际上，不只陶器，贵公子在服饰、宝石、绘画、刀剑等所有的美术与工艺品的鉴别方面也都有令人望而生畏的赅博知识，即使中国的考古学家和古玩家加在一起也不及他，这是千真万确的事。

　　而来兜售女人的家伙多得让人生厌，个个胡吹海擂的。

　　"大人啊，这次啊，对，就是这次，我给您弄到个出彩儿的玉人儿，出生在杭州商人家的小姐，名唤花丽春。虽说还只是个二八芳龄的小姑娘，才艺却老到，诗也作得好呢。不说别的，有这两下子的尤物，四百余州里你找不到第二个的。您就当作是被骗了，先看看真人好不好？"

　　在这样甜言蜜语的攻势下，即便每次都上当，贵公子最终还是心旌摇动，非要亲眼确认一下"那孩子"不可。

"那么，就见见。速速叫过来吧。"

多数情况下他会有这么一句话。

可是，被人贩子带来给贵公子过目的那些个美人儿，只要不是天生的厚颜无耻，一般都是现了大眼之后哭着逃走的。要问这是怎么一回事儿，情形是这样的。

人贩子和美人儿一般是先被请到极尽豪奢的宅内大厅里等待，多时之后，再引领他们踩着明亮如镜的花斑石地面、转数曲蜿蜒长廊，最后进入后殿内房。那里，正在进行盛大的宴乐。有人靠着柱子吹箫笛，有人依着围屏弹琵琶，众多的男女步态蹒跚着聚在一起，手托酒杯，敲云钟，打月鼓，放歌狂舞。光这阵势，来者已然被泄了胆气，再看那主人贵公子，一直在高出一截的卧房幔影中贵体横陈，于锦绣花毯之上连连打着哈欠，有一搭无一搭地看着眼前的热闹，吸着银烟管中的鸦片。

"哦，你所说的，四百余州找不到第二个的，就是这孩子了？"

贵公子终于慢条斯理地坐起身，那双惺忪睡眼转到前来的两人身上盯住。"就这副尊容啊"的想法一露头儿，他早已嗤笑出声来：

"……这样的话，看来方圆四百余州比我这里缺女人。倘若你也想做个人贩子，为了你的进步，就让你先看看我的侍妾。"

应着主人的话音，前面说的那七位侍妾宛如训练有素的鸽子一般，轻盈地从绣帘后面一个接着一个现出了身姿。她们遍体绫罗，各着所爱，簪佩饰头，各美其美。侍妾们身后，各有两个梳着总角的美少年一左一右地跟从侍奉着。他们轻摇长柄绛纱团扇，不停地将徐徐微风送向侍妾们的粉颈桃腮。这七个人都跟女王似的，带着熠熠生辉的笑靥，伫立在贵公子身边。她们不时相互对望，一直默不作声。越是不作声，其美貌就越是光彩四射。那人贩子觑着眼，早已神魂颠倒难自持了，茫然恍惚了一阵子，溢美之词不知说了多少之后渐渐回过神儿来，记起了自己。他瞅见自己贩来的"货物"的寒酸与丑陋，连告别的话都

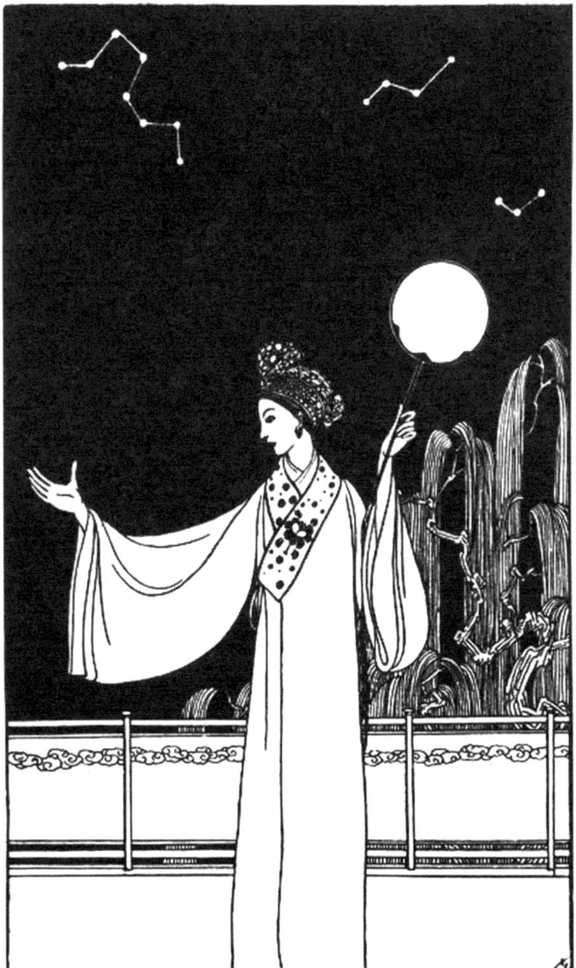

没说齐整，就连滚带爬、狼狈不堪地逃出贵公子府邸。望着他们的背影，贵公子无精打采，一脸失望，重又躺倒在绣毯上。

日子真快。那一年，夏暮秋老，寒衣节过了，孔子的生日也过了，贵公子依然如旧，倦怠和忧郁仿佛在他头脑中做了巢、生了根，始终无法消散。以水润俊秀自负的贵公子一想到自己明年就二十有五了，便立马觉得蓬松秀发的色泽在一点一点消退。越是不舒畅、越是寂寞，憧憬享乐、追求昂奋的情绪就越撞击他的心，于是，他只好饮下并不觉得美味的酒，戏弄并不觉得可爱的女人，长摆十日二十日夜宴，制造不着四六的热闹喧嚣……他遍试了各色各样的方法，结果却完全没有成效，最终，他整日间像貘吞食噩梦一样吸食鸦片，在云蒸雾绕中沉溺于荒唐滑稽的妄想不可自拔，终日无所事事，除了横卧锦床伸臂延足，旁的就无所作为了。

贵公子眉宇间一直没有放晴，就这样过了新年，安闲的迎春时节接着就到来了。这个时期，大清王朝的王化统治已及至中国全土，十八省人民拥戴英明天子，沉醉在鼓腹击壤的太平之中，世间阳气蒸蒸，南京的正月街市呈现出近来少有的热闹。正月十三这一天是上灯日。从这天开始到十八日落灯日为止，整整六天，唤作灯夜。年年灯夜期间，家家户户每晚要在门前点上灯笼，官厅和富豪的宅邸则会在楼上高高地拉起绉绸幔幕，挂上鲜艳彩灯，摆设酒菜宴席，催动丝竹管弦。在那条中央大道上，简直就好像在日本看大阪夏日的商店街，不管从大道左右哪一边向街对面的店铺看，满眼都是木棉布掩映下搭起的灯棚，上面悬挂着红白各色灯笼。街上到处是四面八方聚集而来的年轻人。他们像日莲宗信徒在万灯节上扛灯那样，把龙灯马灯狮子灯摇晃起来，敲铜锣打金镲，移着小步缓缓行进。然而，即便在这节日最热闹的时刻，那贵公子的脸色依然如旧——沉郁沉郁，没有一丁点儿清爽的迹象。

从上灯那天晚上起，两三天过去了。这日黄昏，贵公子来到视线颇好的南面露台。他靠着榻，像往常一样用银烟管一口一口地吸鸦片，将伸手可及的闹市的杂沓尽收于眼底。就在此刻，成百上千的灯笼一齐大放光明，在白银般的暮霭中闪闪涌动，店铺也被夕阳镀上鱼鳞似的光辉。在一个宽阔的十字路口，临时搭建起来的戏台旗帜翻扬，扮相花里胡哨的两名演员，随着伴奏乐，花样翻新地表演……相当长时间与户外空气隔绝、笼居深宅内院的贵公子，眼内忽然扑入了这般光景，一时间心中漾起了异样的、仿佛到了异国都市的奇妙感觉，抑或是鸦片烟雾缭绕，让他倏忽间沉入了迷醉的幻觉之中。不知不觉地，他竟放下了一直拿在手上的烟管，臂肘拄着露台的栏杆托起脸，注视起从未打算观看的街头的热闹。三三五五排列成行的人们走向十字路口，个个都是滑稽的装扮，就好像是特意要慰藉贵公子的忧郁似的，踩着节拍，用力跺脚，发出嘹亮的欢呼。这一阵仗甫过，后面便铺天盖地涌来了鱼啊鸟啊造型的灯笼——也就是说,行灯队伍过来了。

就在此刻!贵公子的视线投射到一个不可思议的人身上,而且目光长时间地一直追踪着他。那个男人头戴天鹅绒帽子,身裹猩红的罗纱外套,脚蹬黑色皮靴,手牵一头拉轿的驴儿,由远及近而来。这身好行头,无论是靴子还是帽子抑或是外套,大概是长途跋涉之故吧,到处开了线、破了洞,颜色也暗淡了。在这个人前面的行灯行列中,数十号人扛着吸引眼球的十米来高的大龙灯,燃着数十支蜡烛,嘿——哟、嘿——哟地且喊且行。这个男人好像和扛灯笼的人群没有任何关系。他不时驻足站立,望着往来的喧嚣,十分疲劳似的叹着气。起初,看他像是假面行列的落后一员,随着越来越靠近贵公子府邸,渐渐地,怎么看都觉得这个赶驴车的人和那个队伍无关,并且,这个男人不仅衣着特殊,皮肤、毛发,连瞳仁的颜色也完全异于周围的人。

"……那个人大概是洋人。应该是从南洋岛国漂泊过来的荷兰人或什么人吧。"

贵公子这么想着。虽说这个时代在南京城里已经时不时地可以看到欧洲人了,但是在节日最热闹的场面之中,在推来搡去的拥挤人群之中,穿着引人注目的装束、拖着疲惫的步子、像乞丐一样的这个男人,还是让贵公子感到不可思议。这还不算,更不可思议的事情发生了!当这个男人走到露台正下方的时候,他突然停住脚步,摘下帽子,恭恭敬敬地向露台上面的贵公子打招呼。

定睛看去,那个男人手指驴车,正冲着贵公子急切地说着什么。

"这驴车上的轿子里,有南洋海底的珍奇生物。我是听到了关于您的传闻,从遥远的热带海滨捕获了人鱼,带到这里来的。"

街面吵吵闹闹的,无法把他的话都听清楚,但他操着生涩的汉语所讲的,差不多是这个意思。

不知为何,听到从洋人口中说出陌生的、带着奇怪讹音的"人鱼"这个词的时候,贵公子的胸口不由

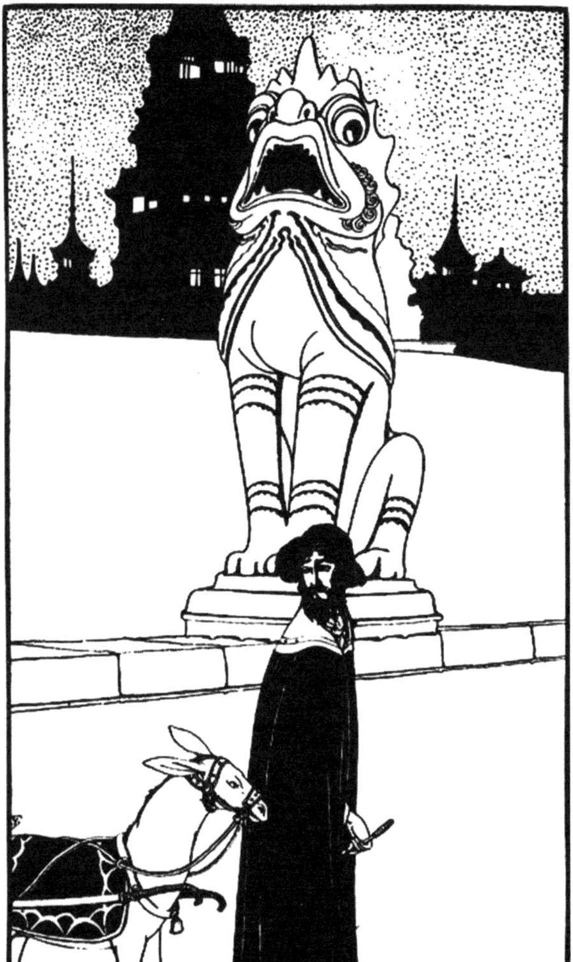

自主地紧了一下。当然了，从出生到今天，人鱼这种东西他一次也没见过，可是现在，从南洋不期而至的旅人，用走了样的元音说出来的"人鱼"这个汉语词，却平添上一层神秘色彩。

"喂，喂，快去个人，到外面，把那里站着的红头发洋人叫到府里来，赶快！"

贵公子用不曾有过的慌张口吻命令身边侍奉的男童。

不一会儿，驴车就被引入贵公子的府邸深处——走进第一道大门，穿过第二道仪门，绕经后庭树林泉石之门，在恍如白昼的红灯的光焰中停在了石阶前。贵公子如往常一样，由七个侍妾陪侍着，向门厅那边移动。看到贵公子，洋人马上再次施礼，恭恭敬敬地跪在地上，按中国规矩行了磕头礼。之后，他又操起发音奇特的汉语，磕磕巴巴地讲起话来。

"我是在距离广东的港口几百海里、荷兰领属的珊瑚岛附近捕获到这个人鱼的。有一天我去那里采珍珠，完全没想到，竟然得到了比珍珠更贵重的美丽的人鱼！人不会爱恋上珍珠，可是不管是谁只要看一眼人鱼，就无法不爱恋上她的。珍珠只有清冷的光泽，但是人鱼，妖艳的身体里藏着热泪，藏着温暖的心和神秘的智慧。人鱼的眼泪，比珍珠的颜色澄净几十倍；人鱼的心脏，比珊瑚石红几百倍；人鱼拥有智慧，掌握着比印度的魔法师更不可思议的魔法。她虽然身藏人类无法估量的神通之力，只因为不意之中的背德品性，便堕生为比人低级的鱼类，所以她游在碧蓝的海底，心却一直憧憬着陆地上的乐土，她恋慕人世，无时无刻不在叹息与苦闷之中饱受煎熬。我说这话的根据就是，我们不论是谁，都看得到美丽的人鱼脸上布满悲苦的愁云……"

说着说着，洋人对失去自由的人鱼的愁苦感同身受，脸上浮现出悲伤来。

贵公子还没有看到人鱼，心先就被洋人的容貌打动了。以前他一直相信洋人是未开化的种族，可是眼下对着乞丐似的洋人的这张脸，仔仔细细地看，越看就越觉得这张脸潜藏着高贵的威慑力，还分明感到了

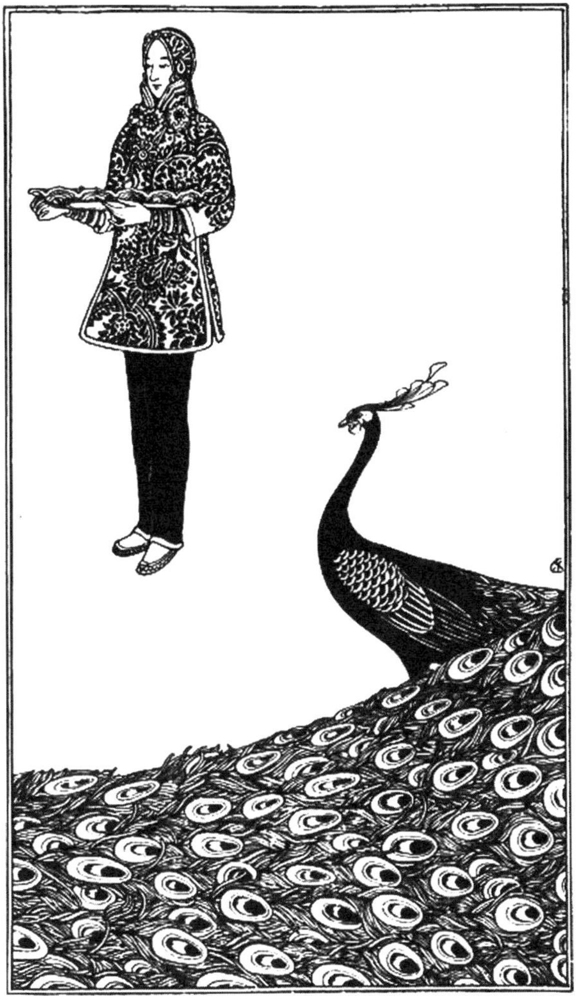

对自己的压迫——那蓝色的瞳仁，俨然就像热带的碧海，将他的灵魂引入无底的深处。他觉得，洋人秀逸的眉毛和宽阔的额头、纯白的肤色，远比自己这个以美貌自负的贵公子优雅、端丽，并且对复杂的悲喜情绪更富于表现力。

"你到底是从什么人那里听到我的传言，大老远跑到南京来的？"

贵公子对洋人口中描述的人鱼听入了迷，恍惚了一阵子后问道。

"我是前些日子在澳门大街上闲逛的时候，从一个相识的贸易商口中第一次听说的。如果这之前我就知道了的话，您大概就可以更早些看到我的人鱼了。我带着这个奇货，半年之间遍历了亚洲各国一个又一个港口，可是不论哪里的商人、哪里的贵族，都绝无买她的意思。有人说价格高得离谱，就缩回去了。他们为什么嫌贵呢？因为这人鱼如果没有七十颗阿拉伯钻石、八十颗印度红宝石、九十尾越南孔雀、一百根泰国象牙为代价，是不可能成交的。还有人害怕被人鱼恋上，夺着汗毛狼狈而逃。为什么害怕呢？因为从古远至今，被人鱼恋上的人没有一个能够活下来的，他会不知不觉地陷入人鱼特殊魅力的陷阱之中，身体和魂魄都会被吸到无人知晓的地方去，幽灵般地从这个世界消失掉。所以呢，爱金惜命的人都不可能出手购买我这奇货的。虽然得到了这稀世珍品，却没有一个买主，我带着她枉费了许多时光，徒劳地走了漫漫长路。如果不是从澳门商人那里听到您的传闻，这奇货差一点儿就砸在手里了。依那商人的说法，能买下我这人鱼的，唯南京的贵公子一人。说您为享乐抛撒着万贯家财和年轻的生命，却在为欢乐无所增益而闷闷不乐；说您已经厌倦了地上的美食美色，在寻找超越现实的奇幻之美。他说唯有这个人才必定会买我的人鱼。他就是这样跟我说的。"

洋人似乎对贵公子买不买他货物这件事不存丝毫危机感，他仿佛看透了贵公子的心思，是以确定的口吻在说话的。他的这种态度不但没有给对方带来任何反感，反倒撩起了对方难以抑制的焦急和憧憬之情。

贵公子在听说明的过程中感觉被这个男人下了"必须买下来"的命令，他觉得，从这个男人手里买下人鱼好像是前定的命运。

"那个澳门商人所言不虚，我正是他说的那个人。像你在寻找我一样，我也一直在找你。像你相信我一样，我也相信你。你卖的东西我连验货都免了，就照着你刚才开的价码，即刻买下这人鱼。"

贵公子的这些话，是在连他自己也不甚清晰的意识下，从心底深处涌上嘴边的。于是，眼见着，讲好的钻石、红宝石、孔雀以及象牙，或从五个库房的柜中取出，或从园囿的笼子中牵出，都运至庭前石阶之下，堆在一处。洋人即使在此刻也没有被贵公子的财力惊到的表现，他静静地清点了宝物之后，揭开驴车上轿子的布帘，把寂锁在那里的被囚之身——人鱼——亮了出来。

她被幽闭在一个漂亮的玻璃水瓮之中，生着鳞片的下半身如蛇一样蜷曲着吸附在玻璃壁上。突然被暴露在明晃晃的人类的光亮中，像是为此羞臊似的，她把头颈埋在乳房上，手腕抱在背后的腰际，甚是憋闷地窝在那里。浸着她那与人大小相仿的躯体的水瓮有四五尺高，里面充满了晶莹的海水，人鱼每次喘息，都会有无数的泡泡，水晶珠玉一般从她的口中缕缕腾腾升出水面。那个水瓮由四五个奴婢扛着，从驴车运到石阶上内庭的地面。立刻，房间内照明的几十支蜡烛的光亮一齐凝结在她裸露的肉体上，人鱼清滑的肌肤宛如火焰燃烧一样越发光鲜炫亮。

"在此之前，我一直以自己的博学多识而自傲。以往地上所存在的东西，无论多么贵重的生物，无论多么珍奇的宝贝，我没有不知晓的，可是我做梦都没有想到过有这么美的东西活在水底，连沉迷鸦片的时候，眼前幻化出的世界里也没有过比这人鱼更幽婉的精怪。即使这人鱼的价格比刚才我付给你的高出一倍，我也肯定会从你手上买下她来的……"

仅仅用这几句话，贵公子还无法充分地把胸中无限的赞叹和惊愕表达出来，因为当那冷艳凄怆的水中妖魔被搬运到他面前，他看到的那一瞬间，他全身的

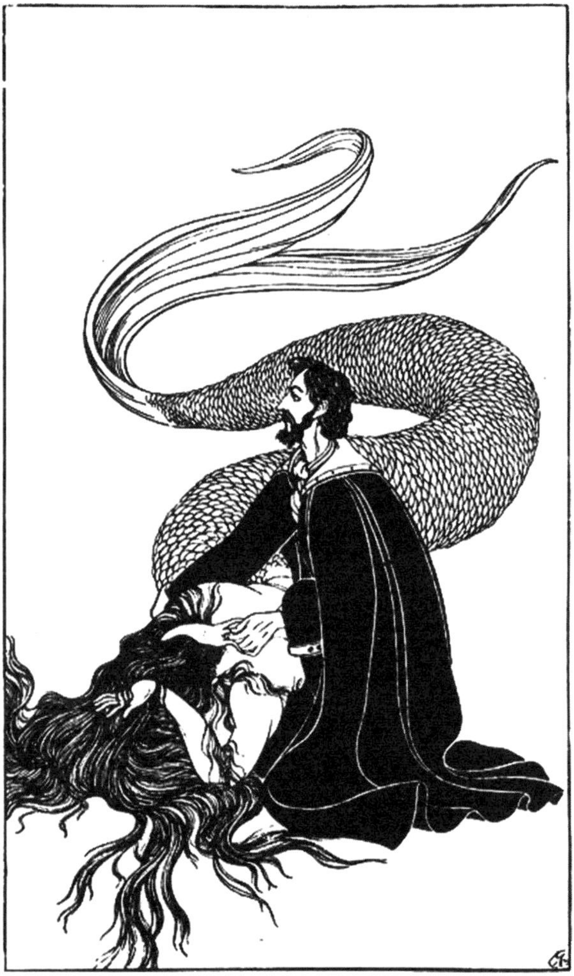

神经突然就冻住了似的,感到了强烈、激越、难以名状的灵魂震颤,躯体长久地长久地、像死去了一样僵立在那里。他凝视色彩斑斓的水瓮之光,更令人吃惊的是,他的眼睛静静地溢出了感激的泪水——他被盼望了太久的昂奋袭击,无上的欢喜复苏了!就在昨天还无精打采、无聊度日的他,变了个样儿!又一次,他进入了被丰富的刺激鞭打着、在生命的旅途迈步向前的心境。

"……我一直觉得,在大地上,生而为人是这世上最幸运的事情了,可如果大洋底有这般奇妙生物栖居的不可思议的世界,比起人,我还是愿意堕生为人鱼,腰缠瑰丽鳞装,和这样的海之美女谈一场永恒的恋爱!——和这美女湛凉的瞳仁儿、浓密的黑发、雪白的肌肤相比,我身边这七个侍妾的形容,哎,是多么地鄙陋、粗劣,多么地平淡、古板啊。"

贵公子说这席话的时候,人鱼若有所感似的,轻轻转动尾鳍,把埋着的头仰起来,望向他,一次又一次地望向他,注视他。

博学贵公子的眼力其实还不只在书画、古董和工艺品方面，中国古远传承的相面术他也精通。现在他终于看到了人鱼的容貌。他琢磨她的骨相，发现她拥有自己的学问范围内所无法判断的稀有特征。她确实像画上画的人鱼那样有鱼的下半身和人的上半身，但是她的上半身，人的部分——骨骼、腴瘠、面部轮廓等每一个局部，你仔细观瞧的话，都和我们平时看惯了的陆地上的人体完全不同调。她与普通女人截然异趣的轮廓使贵公子的相面术派不上用场了。比如说，她的极其妖婉的瞳仁的色与形，就不属于他所熟知的相学中的任何分类。那瞳仁，透过玻璃瓮中满盛的清凛之水，放射着磷火一样明亮的青光！不同角度看，有时整个眼球在水中仿佛是水的结晶，淡蓝而清澈。那结晶的深处，蕴藏着甘甜与冷润，好像从幽深的、幽深的魂魄之底，绝无间歇地凝望着永恒一样，崇严内敛，比人类的任何瞳仁更能映照出幽玄而渺远、朗丽而哀切的光。再看，她眉毛与鼻子的形状，让人感到它们构建了更为高贵的气品和异乎寻常的"美"。

那鼻子和眉毛,与中国相学所贵的新月眉、柳叶眉、伏犀鼻、胡羊鼻不同,它远远超出了惯常的美——较之于人,更接近于神的美;超越了传统的"圆满"——较之于生死,那是一种不灭的圆满。她颀长的脖子忧伤地转动时,暗绿色的发丝如海藻一样颤动、沉寂,在柔软的波底摇曳彷徨,有如蒙蒙雨雾遮盖住她的额头;有如绚烂的雀屏朝上方铺展开去。她所拥有的"圆满"绝不仅止于容貌——她呈现为人形的肉体的所有部分,都描述着"圆满"——由颈至肩、由肩至胸,曲线优雅地起伏;完美匀称的两条臂膀,柔柔的,看似丰腴却紧致适度;伸缩弯曲之际,把鱼类的敏捷、兽类的健康、女神的娇态奇妙至极地调和于一身,发出五彩长虹交相辉映的梦幻感。这一切之中,最让贵公子眩晕、最让贵公子心荡神迷的,是她纯白的、未染一丝浊气、皓洁无垢的皮肤。洁白这个形容词,实在是难以表述这种纯白肌肤的光泽,那着实过了头的白,比起用"白"来表述,显然是"亮白"更恰当些。她整个皮肤的表面如瞳仁一样闪耀着光辉。

莫非是她的骨头里隐藏了发光体,能够把宛如月亮的皎皎之光从肉体的深处放射出来?这难以置信的白!并且,你凑到近前细细看的话,会发现这灵妙的皮肤上面有无数微细的白毫,郁郁葱葱地展开螺旋走势,绒毛的末端坠着像小小的、肉眼几乎难以看到的鱼籽一样的泡泡,结成一个一个银色小球,如缀满宝石的轻罗纱,覆着她的身体。

"贵公子,您对人鱼价值的认定超出了我的预期。托您的福,我得到了丰厚的报酬,一日之间成了巨万之富。我卖掉了人鱼,把这些东洋的宝物装上车,打算再度返回广东港,从那里乘汽船回到我遥远的西洋故乡去。在我的国家里,恰如您珍视人鱼一样珍视这些宝物的大有人在。——作为最后的请求,请允许我同人鱼吻别。"

这样说着,洋人来到了水瓮边上。瓮中立刻如水银舞动,人鱼咝噜一下,上半身露出了水面。她双手抱着洋人的脖子,面颊厮磨着,少顷,潸然泪下。那眼泪顺着睫毛流到腮上,一滴,一滴,掉落之间,麝香般的馥郁充满整个房间。

"你不留恋人鱼吗？你那么便宜地把她卖给我，现在不后悔吗？你们国家的人为什么比起人鱼更珍视宝石呢？你为什么不想把人鱼带回你的国家去呢？"

贵公子对为了利欲不惜舍弃美丽人鱼的卑劣的商人根性，以嘲讽的口吻说道。

"确实是，您说得特别对。可是在西洋各国，人鱼并不那么罕见。我的国家在欧洲北部叫作荷兰的地方。还是小孩子的时候我就听说过，流经我出生城市的莱茵河上游，很久很久以前有人鱼住着。那人鱼或长着人类的下半身，或长着鸟的两足，时不时会在地中海的波涛之下，抑或在陆地的山林水泽之间现身，魅惑他人。我国的诗人、画家从未停止过讴歌人鱼的神秘，描画人鱼的姿态，告诉我们人鱼的媚笑有多么妖艳，人鱼的魅力有多么恐怖。所以在欧洲，即使是成不了人鱼的人类，也总是一个劲儿地模仿人鱼的妖媚之态。那里的女人总会某处和人鱼很相像，诸如白色的肌肤、蓝色的瞳仁、匀称的肢体。如果贵公子对此心存疑惑,那么就请看看我的脸和皮肤吧。即便如我一样微不足道的男人,但只要是出生在西洋,就一定有什么地方会带着和人鱼同样的优雅和气品的。"

贵公子不能否定洋人的话。诚如洋人所言,人鱼和他在容貌上有相似的特质,贵公子早就感觉到了,尽管赞叹的程度不同,可他像迷恋人鱼一样,对洋人的相貌也产生了浓厚的兴趣。这个男人虽然没有达到人鱼那样的圆满和妍丽,但毕竟有达到那种程度的可能。与生活在东洋土地上的黄皮肤、面部缺少起伏的人相比较,他觉得这个男人是更接近人鱼种属的生物。

乘小汽船周游全世界大洋的西洋人且放下不论。在那个时候,东洋人把地球表面与时间等同看待,相信它们都是无穷无尽的,认为走出一千里、两千里,基本上和活一百年、两百年一样,是件难之又难的事情,就连这位生长在亚洲大国的贵公子,虽有着强烈的好奇癖性,但对遥远天际下那个被想象成鬼蛇盘踞的、叫作欧罗巴的荒蛮之地,至今为止,也不曾有过走到海外去看一下的念头。然而，现在，从出生到现在，他第一次这么近距离地盯着洋人看，听他讲家乡的样子，贵公子如何能默不作声呢！

"我不知道西洋竟是那样高贵、美丽的地方。如果你的国家，男人都有像你一样高贵的轮廓，女人都有人鱼似的白皙皮肤，那么，欧罗巴该是多么洁净、多么令人追慕的天国啊。请把我和人鱼一起带去你的国家吧，让我成为生活在那里的优越种属的一员吧。我在这里已经没有什么未竟之事了。比起以南京的贵公子终老，我更愿意作为你的国家的一个贱民而死去。不管怎么说，请接受我的请求，让我伴你上船吧。"

贵公子太过热切，跪在洋人的脚边拉着他外套底边，痴痴了似的说个不停。洋人露出一丝不适的微笑，打断贵公子的话，说道：

"不不，为您着想，我希望您还是留在南京，尽可能长久地、尽可能深切地爱这个可怜的人鱼更好。即使欧罗巴人有再美丽的皮肤和容貌，大概也不会比这水瓮中的人鱼更能让您满足。在这人鱼身上，欧罗巴人理想中所有的崇高、所有的端丽都完美地体现出来了。您在这里，从这个生物艳冶的姿容上就可以尽览欧罗巴诗歌与绘画的精髓。正是这人鱼——欧罗巴的肉体，才能够娱乐您的感官，迷醉您的魂魄，向您展示'美'的极致。您就是去了她的母国，也寻不到比这更高的美了……"

这时，洋人忽然若有所思，眉宇间浮现出悲伤的神情，仿佛要嗟叹感慨似的，可随即，他转变了话题。

"在此，我衷心地祈祷您幸福、长寿！我已经知道您爱恋上了她，我祈祷您能打破我国'迷恋人鱼者皆遭祸殃'的传说，我并没有想把您的生命也作为人鱼的价值收在手中。如果我还有来亚洲大陆的那一天，并且还有幸能再见到您，那时候，我一定带上您……可是……可是……我实在觉得您非常的可怜。"

说完，只见洋人再一次殷勤地行稽首礼，之后把山一样的宝物取代人鱼装上车，赶着毛驴，拉开步

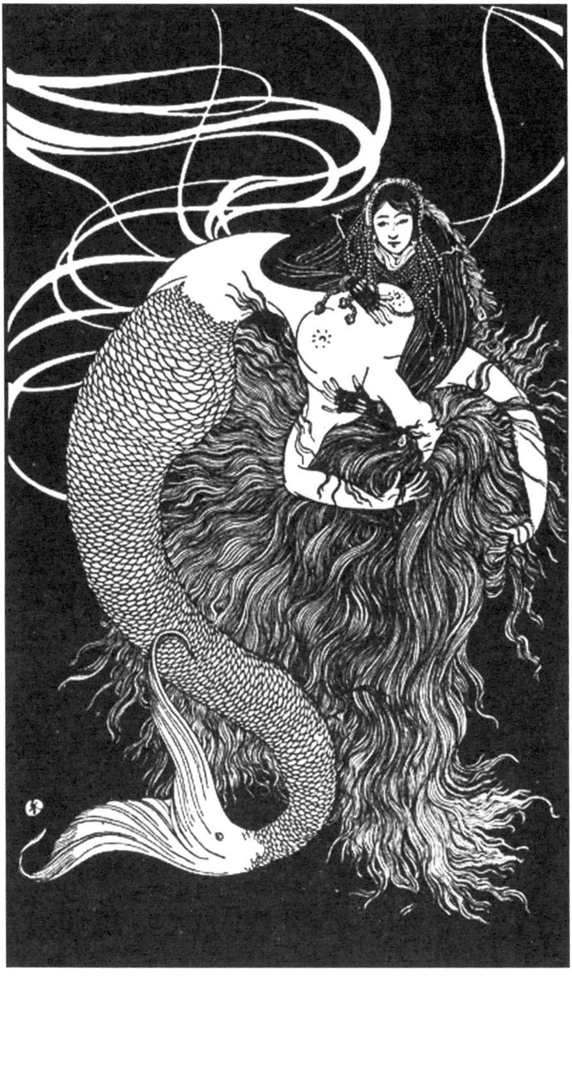

子，消失在前庭的阴影之中。

自从买了人鱼，贵公子的宅邸立刻安静起来。七个侍妾被命令回到各自的绣房，永远失去了被叫到丈夫面前的机会。楼上楼下夜夜喧闹的歌舞宴饮也停止了，府里的用人们个个不停地叹气。

"那个洋人是多可恨的混蛋啊！怎么把这奇形怪状的妖魔硬是卖到这儿就走了呢？可别出什么事啊……"

他们小声议论着，面面相觑，没有一个人敢走进放水瓮的房间，撩开帐幔，到人鱼的近前去看看。

来到近前的只有身为主人的贵公子一人。隔着一层玻璃，水中叹息的人鱼和水外沉郁的公子终日默默相对，一个为无法离开水的命运而叹息，一个为不能进入水的不自由而怨愤，时间就在这寂寥与无望中流逝着。时常，贵公子闷闷不乐地围着玻璃瓮壁转，仿佛求她哪怕只把上半身露出水面也好。可是，贵公子越是靠近，人鱼越是紧紧地缩起肩膀，害怕什么似的蜷伏在水底。夜幕降临时分，她眼中落下的泪珠，的确像洋人说的一样，放出珍珠的光辉，在暗黑的房子里如同萤火虫一般荧荧闪亮。那青白色的光点一点一滴落入水中，在水中浮动的时候，妖艳的她，肢体竟似太空中被星星环抱着的嫦娥，纯净而高贵；又如被暗夜鬼火晃到的幽灵，凄楚又邪恶。贵公子的心被悲情攫住。

一天晚上，贵公子无法排遣满腹的苦闷和哀伤，把热热的绍兴酒注入玉盏。正当他感受到烧肠的热辣传遍全身的快意时，一直像海鼠一样缩着的人鱼，或许是思慕酒香吧，忽然轻柔地浮出水面，两只臂膀长长地伸到水瓮外面。贵公子试探着把手中的酒送到她的唇边。立刻，出乎意料地，她下意识地吐出了红红的舌头，海绵一样的嘴唇吸住酒杯的边缘，一口气喝干了酒。那样子就像比亚兹莱《舞者的报酬》中的莎乐美，脸上带着凄惨的苦笑，频频发出的喉鸣，催促着下一杯酒。

"你这么喜欢酒,想喝多少我都满足你。在冰冷的海水中浸泡的你,血管里涌上燃烧的醉意,你必定会变得更美,会更显出人的亲近和可爱吧?把你卖给我的那个异邦人不是说你有人无法估量的神通吗?不是说你有背德之恶吗?我想见识你的神通,想触碰你的恶。如果你真的有不可思议的魔法,就至少在今宵化作人形吧。如果你真的有奔放的情欲,就不要再这样哭泣了,听听我对你的爱慕之情吧。"

贵公子边说边弃了酒盏,改用自己的嘴唇送酒过去。立刻,人鱼的眼睛宛如镜子上了哈气一样蒙上了一层雾。

"贵公子哟,请宽恕我吧。请怜悯我宽恕我吧。"

突然,人鱼发出了清晰准确的人声人语!

"……我现在,借着您惠赐的这杯酒的力量,恢复了人语的神通。我的故乡在那荷兰人所说的欧罗巴的地中海。以后您如果能去西方,一定会去南欧那个叫作意大利的美中之美、风景画一般的国家吧?如果乘船，通过墨西拿海峡，就会进入那不勒斯湾，那个地方正是我们人鱼从古远开始的栖息地。过去，水手们一靠近那片海域，就会听到人鱼曼妙的歌声缭绕回响，难寻所出，不知不觉地就被引入无底的深水之中去了。——我有如此值得依恋的故乡，却在去年的四月末被温暖的春潮裹挟着，飘飘忽忽地误入了南洋岛国，在海滨的椰树阴下放松鱼鳍的时候竟被人捕获。那之后便在亚洲各国一个又一个市场抛露头面……贵公子哟，请您怜悯我吧，早一刻也好，把我的身体放回广阔无垠的、自由的大海里去吧。在这个狭窄的水瓮里，我有什么样的神通终是无法施展。我的生命、我的美貌，只能一点一点地衰萎下去。如果您一定要看人鱼的魔法，那么请把我送回我日思夜想的故乡去吧。"

"你这么思念南欧的大海，一定是有恋人吧？在地中海的波涛底下，有着同样人鱼身体的美男子在日夜等着你吧？不然的话，你不应该那样厌弃我的。你没有无情地舍弃我的爱恋、转回故乡的道理啊。"

贵公子恨恨地说这些话的时候，人鱼神情奇

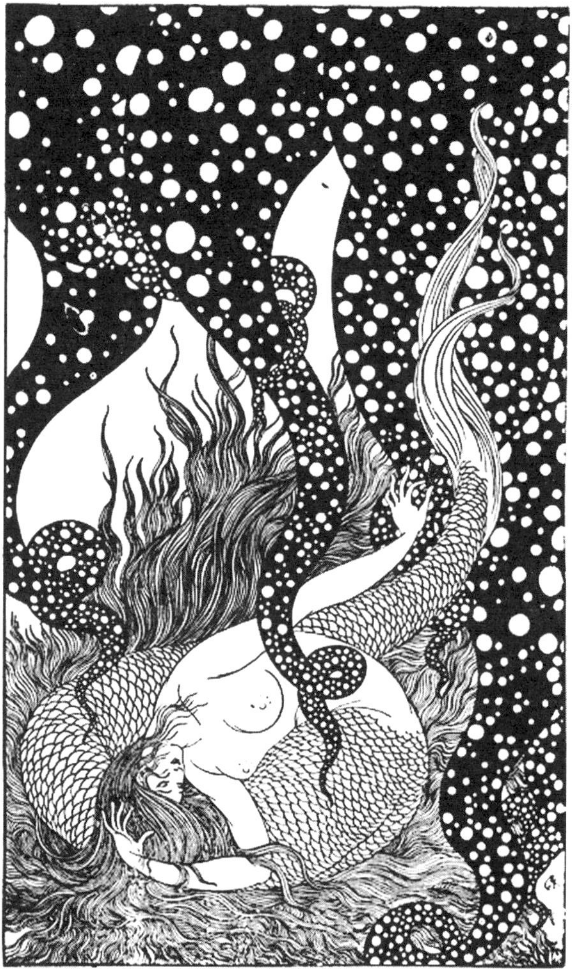

妙——闭目、垂头、侧耳——俄而,她轻快地伸出两只手,紧紧握住了贵公子的肩膀。

"啊,您这样世所罕见的俊秀青年,我怎么会嫌弃呢?我怎么会有不恋慕您的无情之心呢?我渴望您!请您听一听我胸口的悸动吧,它是证明。"

人鱼轻盈地翻转了鱼尾,当脊背靠到瓮缘的瞬间,她突然仰面将上半身弓一样地弯垂出来,霞珠滚落的长发垂及地面,像倒吊在树上的猴儿一样从下面抱住了贵公子的脖子。一瞬间,不可思议地,贵公子感到颈项仿佛被冰镇着一样寒凉,随即,那里就结冻、麻痹起来。人鱼拥抱他的力道越强,雪白肌肤中的冰气就越深地侵入他的骨髓,寒彻其骨,不一会儿,被绍兴酒醉暖的身体就失去知觉了。就在贵公子不堪严寒,即将冻死的刹那,人鱼握住他的手腕,慢慢地把它放在自己的心口上。

"我的身体是人鱼的冰冷,但是我的心和人的一样暖。这就是我爱你的证据。"

她说完这句话,忽地,贵公子的手掌仿佛在冰雪中感受到了熊熊燃烧的火的热度，抚着人鱼左胸的指尖，触碰到人鱼肋下心脏的隆隆生机，几近凝固的全身血管重新活跃地循环起来了。

"虽然我的心脏如此温暖，我的热情如此高昂，但是我的皮肤绝无一寸不在和可恶的寒气战斗。而且，即使我望见了美丽的人，却因生为卑贱的人鱼，要依宿业的果报，万劫不复地被永远禁止去爱那个人。所以，无论我多么地爱慕您，以这被神施了咒、堕入海中的鱼属之身，也只能躁狂于烦恼的烈焰，做妄想的奴隶，咀嚼痛苦而已。贵公子啊，请把我送回大洋深处的家吧，让我逃离这无情和这羞辱吧。隐身在碧蓝的冰冷的波涛之下，我也许会忘却我命运的悲哀和酸楚吧。如果您成全了我的愿望，最后作为报恩，我将现神通于您的面前。"

"哦，请吧，向我展示你的神通吧。作为回报，你有什么样的愿望我都会满足的。"

贵公子恍恍惚惚的话一出口，人鱼欢天喜地地双手合十、一遍又一遍地伏拜起来，口中说道："贵公子啊,那么我们就此作别。如果我即刻施法术变了身形,您必定会后悔这个承诺。如果您想再见到人鱼,就乘上开往欧洲的汽船吧。船过了南洋赤道,在月色皎洁的夜晚,请您避开人,把我从甲板上放到大海里去。我定会在波涛之中再次现出人鱼之身,向您致谢。"

刚一说完,人鱼的身体就像海蜇似的变淡,一会儿的工夫,就像寒冰一样消融了——消融的余痕是一条两三尺长的小小海蛇,它在水瓮中上下翻游,青绿色的脊背泛着光。

按着人鱼的嘱托,贵公子从香港搭乘上去英国的汽船。那是那年的初春。一天夜里,船从新加坡港出发,航行过了赤道,甲板上落满凉丝丝的月光。贵公子走向无人凭栏的船舷,轻轻地从怀里拿出小型玻璃坛,把封在里面的海蛇提了出来。海蛇宛如表达惜别,两次三番地在贵公子手腕上缠绕盘桓,少顷,从贵公子的指尖滑落,在油一样静谧的海面上咝噜咝噜

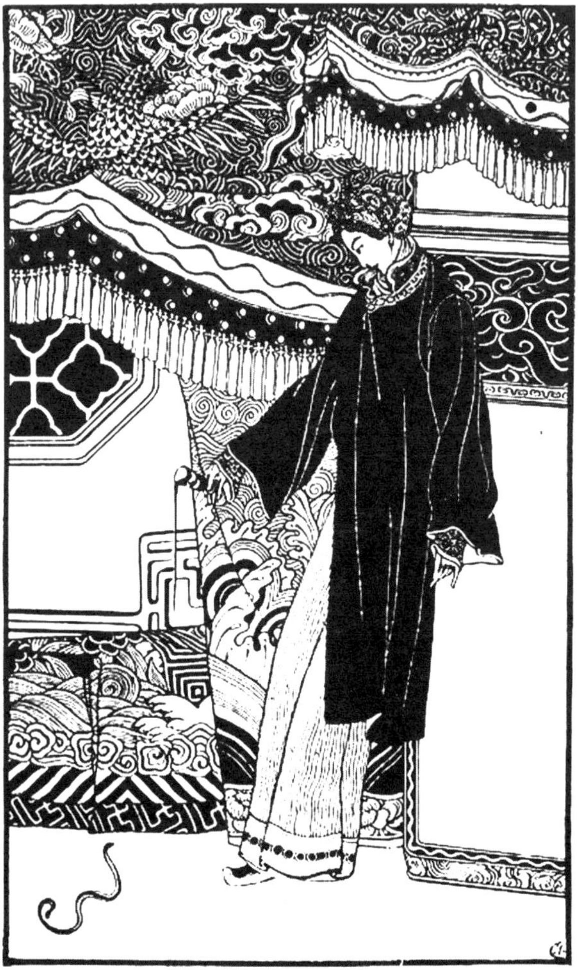

地滑行了好一阵子。之后，它分开月光下碎金般的涟波，翻腾辗转，细鳞闪烁之间，悄然将身影没入海水中。

大概过了五六分钟的光景，在茫茫大海反光最强的水面上，银色的飞沫"嗵"地冲腾而起，一个精悍的生物出现了——她如飞鱼一样跳起，翻转着身体，恍似天上的玉兔坠入大海。被皎皎闪烁的冶艳姿态惊呆了的贵公子朝那个方向看去的瞬间，人鱼一半以上的身体已在烟波之中了，她高擎双手"啊——"地大叫一声，旋转着没入水中。

汽船载着贵公子心底的一缕期盼，一点一点朝着他思恋的欧罗巴、人鱼的故乡——地中海方向驶进。

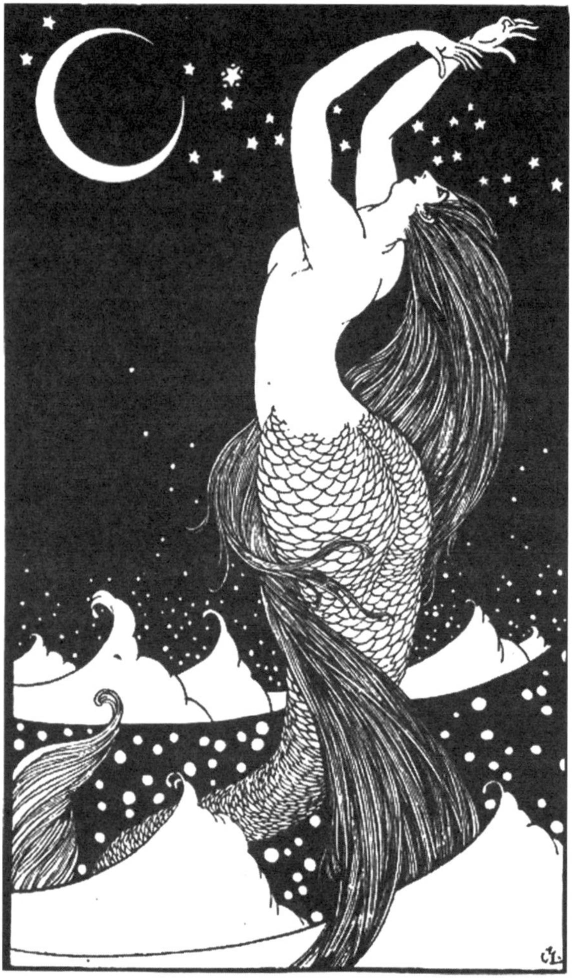

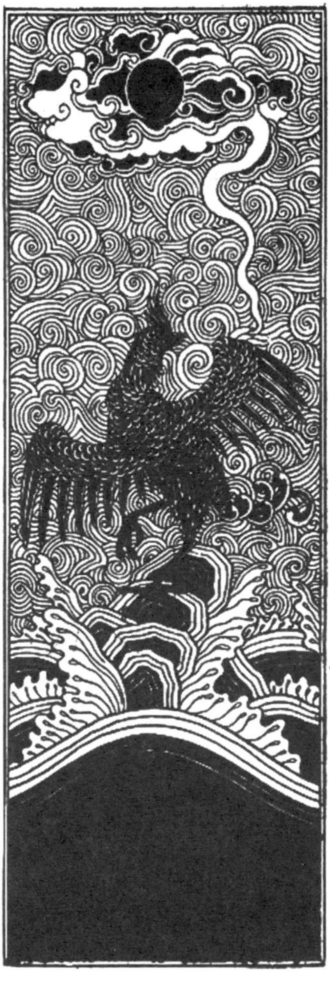

魔术师

我已经记不清楚是在哪个国家的哪个城市见到那个魔术师的了。——到底是哪儿呢？有时候觉得好像是日本的东京，有时候又觉得是南洋或者南美的殖民地，要么是中国或者印度哪里的泊船场。这么说吧，总之是远离文明中心的欧洲、位于地球某个角落的一国之都，并且是极富庶的一片街区、热闹非常的夜巷。如果你想对那个地方的特点、光景、气氛有一点明确概念的话，那么简而言之，它是和浅草公园六区类似的，又比那里更为不可思议、更为杂乱、更为颓烂的公园。

如果你听了这番说明就对这座公园没有任何美

好、向往的感觉，相反生出恶心的污秽之地的联想，那肯定是你对"美"的感受方式和我完全不同造成的。我说的美当然不是指栖居在十二层塔下的那一群卖春女，我所说的是公园的整体氛围——暗黑的窟窿藏在身后，周遭展现给你的是欢欣的面貌、闪烁的好奇而大胆的眼睛、夜夜酷炫的热辣妆容的情调。无论善恶，无论美丑，无论笑与泪，这座伟大公园把所有的所有都溶解其中，绽放出更加精巧之光、更加明艳之色，如同海洋一般壮阔。我要陈述的这座异国的某公园，在伟大与浑浊相交融这一点上，我记得是比六区更加六区的、怪异与杀伐并举的一片土地。

如果有人觉得浅草公园俗恶不可忍耐，那对这样的人展示这座异国公园的话，他会说什么呢？那里比俗恶更不堪的野蛮、肮脏和颓烂，像阴沟的污水层层沉积。白昼，在热带的日头之下，夜晚，于煌煌的灯火之中，毫无羞耻地裸露着，片刻不息地蒸腾，发酵出恶臭。然而，就像深晓中国菜皮蛋美味的人，这厢一下又一下挖着令人反胃的霉绿鸭蛋，那厢又为这腐坏中饱含的芳醇厚味而鼓舌一样,我第一次进入这座公园时,正是被这种让人毛骨悚然的邪恶兴味击中了。

好像是初夏黄昏、凉风习习的时候吧。我在那街区的一个咖啡馆和恋人欢会,之后我们挽着手臂在无轨电车、汽车和人力车来来往往的大街上亲亲密密地散步。

"哎,亲爱的,要不,我们今晚……这就去公园看看吧?"

"公园?公园能有啥?"

我略微吃惊地问。略微吃惊,不只是因为此前我不知道这街区有这样一座公园,还觉得她的话里藏着蹊跷,听着有点像撺掇我去做见不得人的勾当似的。

"啊呀,还不是我猜您肯定特喜欢那座公园嘛。其实最开始我挺害怕那座公园的,觉得一个女孩子家进那座公园是羞耻的。爱上您以后,不知不觉中受了您的影响,对那样的地方产生了难以名状的兴趣。见

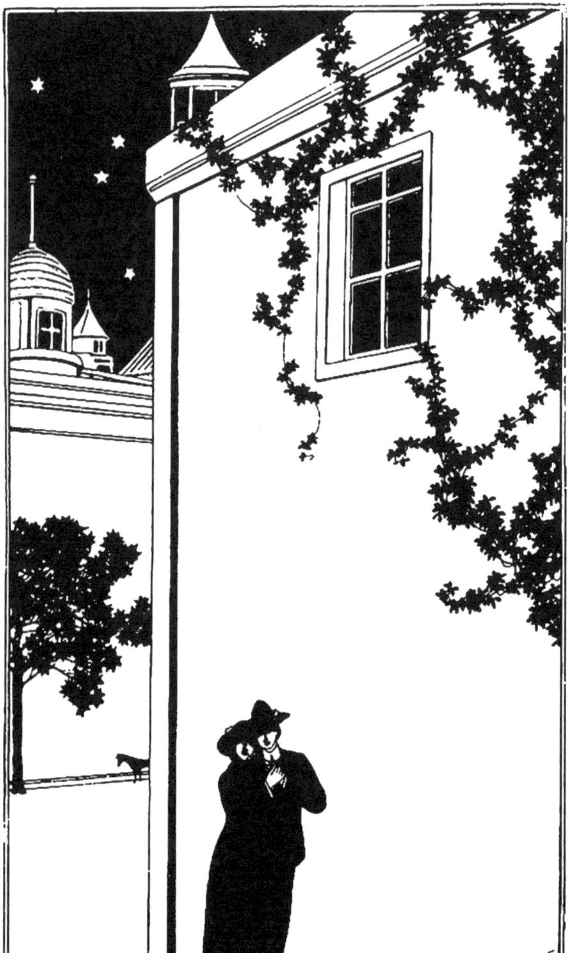

不到您的时候,去那公园玩,就开始有一种好像和您在一起似的心境……您是美的,像您一样,那座公园也是美的;您是好奇的人,那座公园也令人充满好奇。您不会不知道那座公园吧?"

"哦,知道的,知道的。"

我不假思索地答道。接着又说:

"……那里确实有各种各样罕见的东西,全世界奇迹中的奇迹都集中在那里。有像古代罗马那样的竞技场,有西班牙的斗牛。比这些更离谱、更妖魅的还有剧场。还有我特喜欢的、比超可爱的你更让我着迷的电影院。那里有着比起挑唆起全世界人民好奇心的《方托马斯》《普罗蒂亚》更令人毛骨悚然的各种胶片,并且昼夜不停地轮番播放。"

"我最近在那儿的电影院看了您平时爱读的古代诗人和艺术家的著名诗篇、戏曲的很多很多卷胶片。荷马的《伊利亚特》啊,但丁的《地狱篇》,等等。那些图片您自然是知道的了,可是中国小说《西游记》里西梁女国艳魔的媚笑您见过吗?还有美国爱伦·坡那几部用纤巧的细丝串起来的恐怖、狂想、神秘、奇异故事，您能够想象它们在胶片上怎样展开，怎样在眼前呈现出强烈的视觉刺激吗？去看看吧，体会一下《黑猫》令人颤抖的地下室、《陷坑与钟摆》幽暗的监狱，被用比小说描述更瘆人的、比现实更耀眼的亮度，强烈而炫目地映照出来的那个瞬间的感受吧。还有观众，敛声静气看幻灯剧的数百名观众都好像被噩梦魇住了似的流着冷汗，女的紧紧抱住男人的胳膊，男的紧抓着女人的肩膀，一边紧咬牙关战栗不止，一边执拗地瞪大兴奋又畏怯的眼睛紧盯屏幕。他们有时候像高烧的病人发出微弱喘息，却没有一个人肯咳嗽一声、眨一下眼睛。他们甚至连这样做的空儿都没有，心被惊惧充塞着，身体绷得直直的。偶尔有知道悲惨结局而受不了的人想要转身逃出去，黑暗中的观众席便会从什么地方突然响起疯狂、尖锐的拍手声。立马，拍手声向四面八方弥漫开去，就连已经抬起了屁股的家伙们也应和着拍起来，震撼电影院的起哄声长久地在场内回响……"

女友挑唆性的、天花乱坠的描述，一言一语都在我心中唤出天上彩虹一般清晰鲜明的幻影。说我在听她讲述，倒不如说我在感受看电影的炫目，同时这让我觉得似乎我以前来过这座公园很多次了，至少，女友看过的那些幻灯片在我的心壁上，不知是幻象还是照片，不时朦朦胧胧地浮现出来，吸引我的视线。

"那公园里应该还有更震撼灵魂、蛊惑感官的东西吧？——还有连我这个玩家做梦都想不到、闻所未闻的节目吧？我不知道那是什么，但是你必定知道。"

"对，我知道。是在公园池塘边搭起戏棚的年轻美貌的魔术师！"

女友立刻答道。

"我经常从那个戏棚前走过，但一次也没进去。那位魔术师的姿容太过亮丽，恋爱中的人还是不去靠近他更安全，街上的人都这么说。相传那魔术师的魔法是妖术，比怪异更妖冶、比不可思议更恐怖、比巧妙更奸恶的妖术。可是奇怪，只要钻过戏棚入口冰冷的铁门，去看过一次魔术的人一准儿上瘾，就会每天晚上都出门去看表演。为什么会那么想去，这些人自己也不明白，我猜是他们连灵魂都被施了魔法。——虽说如此，但您一定不会怕那个魔术师吧？爱鬼魅胜于爱人、较之现实更像生活在幻觉中的您，不去看一看风评那么高的魔术师怎么行啊。不论是多么毒辣的诅咒，只要和您这个恋人一起去，我就绝对不会被魅惑……"

"被魅惑了便就范不是挺好吗，如果魔术师是那么个帅男的话。"

我这样说着，像春野里放歌的云雀一样，哈哈哈，爽朗地笑出声来。可是就在接下来的瞬间，忽地，从我胸腔深处涌出了一股淡淡的不安和微微的嫉妒，随即，出口的话变得又急又糙：

"那行，现在就去公园吧！看看我们的魂儿能不能被魔法摄去，我和你一起去试试那个男的！"

两人不知不觉溜达到中心大道大喷泉的水池边。喷泉周围奶白色大理石护垣呈现出一个帽子似的圆形，等间隔矗立的女神像足底有泉水澎溢而出，冲着

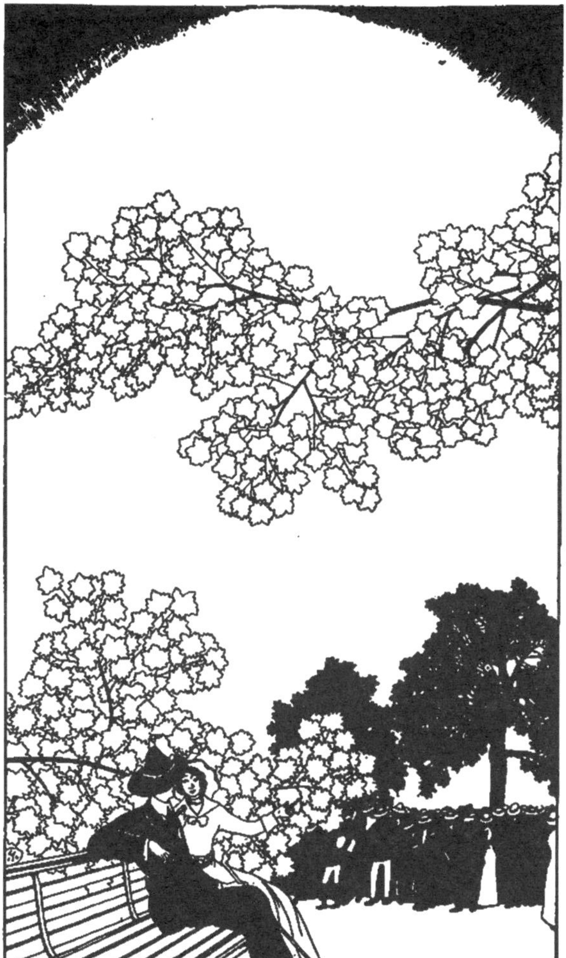

太空的星辰不停地喷射，在圆弧灯的光晕中幻成虹霓幻成雾，像对夜晚的空气嘤嘤啜泣。坐在路边浓郁树荫笼罩的椅子上望着街头拥挤的人群，不一会儿我就发现了那杂沓中的异样——从四方指向十字路口喷泉的四条道路，被黄昏貌似闲逛的人挤得热热闹闹，并且那些人几乎全部朝同一个方向流动；南北西东四条道路中南边的一条除外，其他三条路上的人，汇集到十字路口的广场以后，就一个紧挨一个地排成队列；黑压压的、臃肿的队列向南口鱼贯而行。这样一来，在喷泉旁边椅子上休息的我们俩，就好像大河中的浮岛似的被孤立地、静静地弃置在那里。

"您看啊，这么多人都被公园吸引过去了啊。——走吧，我们也趁早过去吧。"

女友这么说着，温柔地拥着我的背站了起来。为了防止因为拥挤和推搡而被分开，我们俩把胳膊像铁锁链一样紧紧挽住，挤进了人群。

接下来好一段时间，我只是在无可计数的人中无知无觉地向前涌动。我朝前方望去，意外地感觉公园好像就在不远处。彩灯绚烂，红黄青紫的光在低空闪烁，像要烤焦人的脑袋似的。道路的两旁排列着三四层的小楼阁，看不出是青楼还是饭店。往挂满如珊瑚头饰一般相连的艳丽岐阜灯笼的阳台上一看，喝得烂醉的男客女客极尽狂态，兽一般撒野。他们中有人俯瞰街上的人群，不重样儿地辱骂着、戏耍着，甚至有人吐唾沫。他们都忘记了体面、忘记了羞耻，跳梁着、嬉闹着。闹到最后，像魔芋一样软塌塌的委顿的男人、恶魔似的蓬头乱发的女人，竟翻过露台栏杆，大头朝下地栽进人群。转眼之间，他们的头脸被挠抓得横七竖八，衣服被撕扯得七零八落。有人放声惨叫，有人气绝如尸骸，像水面的藻屑一样被东扯西拉。落到我脚前的男人是倒立着的。我看到他的两条腿跟木棒似的，就那么倒竖着被汹涌的人流裹挟着往前面去了。那男人被四面八方涌来的无赖汉先扒掉了鞋子，之后裤子也被撕得碎碎烂烂，最后连袜子也被扯了下来，一丝不挂的腿和脚任人随便打随便掐着。

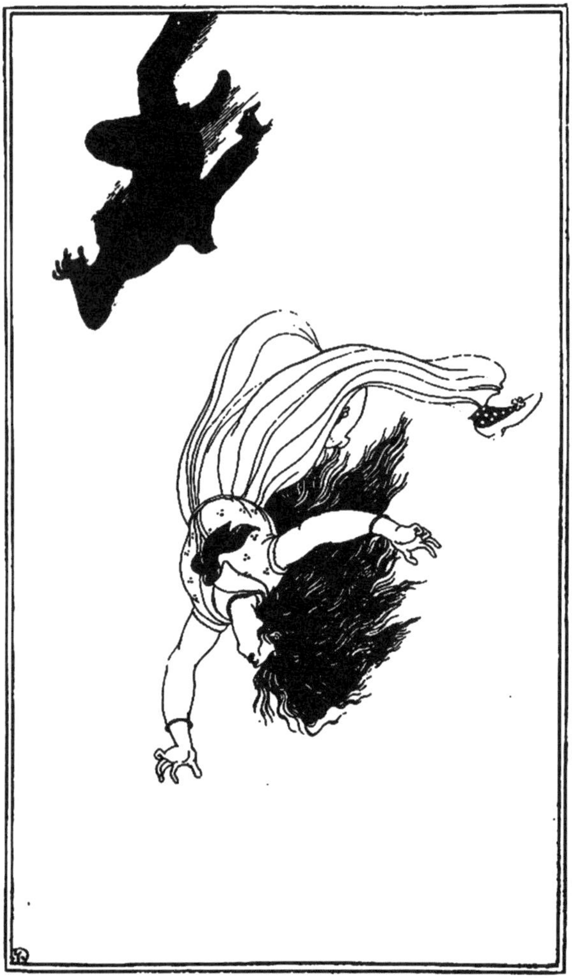

接着，又看到一个灌饱了酒的胖女人。她很像乔瓦尼·塞冈蒂尼《淫乐的报应》中的一个人物形象，被人们一边"嘿——！""嘿——！"地向空中抛，一边抬着走……

"这个街区的人好像都疯了。或者，今天是个什么节日？"

我看着女友说。

"不是的。不只是今天，来这公园的人一年到头都是这样闹腾的，一直都是这样醉醺醺的。走在这里的人，清醒的只有你和我。"

女友依然用娴静的、认真的语调轻声对我说。无论身处多么喧嚣的街巷，无论在怎样混乱的境地，女友始终不失与生俱来的端雅和纯洁的热情，她就像恶魔包围中唯一的女神，清丽地、尊贵地映入我的眼中。一看到她澄静的双眸，我就不能不联想起台风过后澄透碧蓝的秋日镜空。

我们俩被人流挤着，积寸成尺地挪着脚步，到达其实根本就没多远的公园入口竟花了一个多小时。就在刚才还密密实实地挤着、如同巨大的蜈蚣般爬行过来的人们，一进入门内广场，便立刻三三五五地离开，朝心心念念的地方散去了。

说这是公园，可目之所及，既无山丘亦无林木，到处是极尽人工之巧的高楼大厦。它们像妖仙之都一样甍顶连绵，燃着几百万点灯火，巍巍然耸立着。茫然地立在广场中心伫望壮观景色的我，首先被照亮半个夜空的大马戏团闪亮的霓虹广告灯给镇住了。那是直径大约有几十丈长的超大观览车模样的东西，轮轴处呈现出"大马戏团"字样。大轮的数十根辐条上挂着灯泡，织成一片璀璨，光箭四射，宛如巨人撑起花伞在虚空中画出巨大的圆环，徐徐旋转。还有更令人震惊的情景——数百个马戏团的男女，身裹轻罗纱，沿着光焰四射的火柱不停地向上攀爬，随着大圆环的旋转，又一个跟一个地从上方的辐条向下方辐条飞身跃去。从远处望去，这些铃铛似的挂满整个圆环的人，在明亮的夜空中，罗衣翩翩，如火星飞溅，如天使飘舞。

吸引我注意的不仅是这个巨轮,整个公园上空几乎被光影工艺笼罩了——不同区域里映射着奇怪的东西、滑稽的东西、妖艳的东西,宛如永不熄灭的花火蠕动、闪烁,光怪陆离。如果给喜欢"纳凉花火"的东京人和偏爱"大文字"的京都人看这片夜空景色,他们会被惊得怎样目瞪口呆呢?当时只是放眼看过去的东西,直到今天却仍然有不少大胆的构图和巧致的线条令我不能忘怀。打个比方,它就好比是有一个比人类有神通的恶魔,信手在天幕上涂抹出来的,或者说,它就像末日审判迫近的先兆——太阳笑,月亮哭,彗星狂出,无数魔星在无边的天际摇曳。

我们站立的广场呈标准的半圆形。从那圆弧上伸出七条路,扇骨一样通向各自的方向。七条路中最宽敞、最气派的是中央的那条大道。公园里几十抑或几百幢举行演出的建筑中,人气旺的大概都集中在这条路上。庄严的、险峻的、错落的、齐整有致的,风格

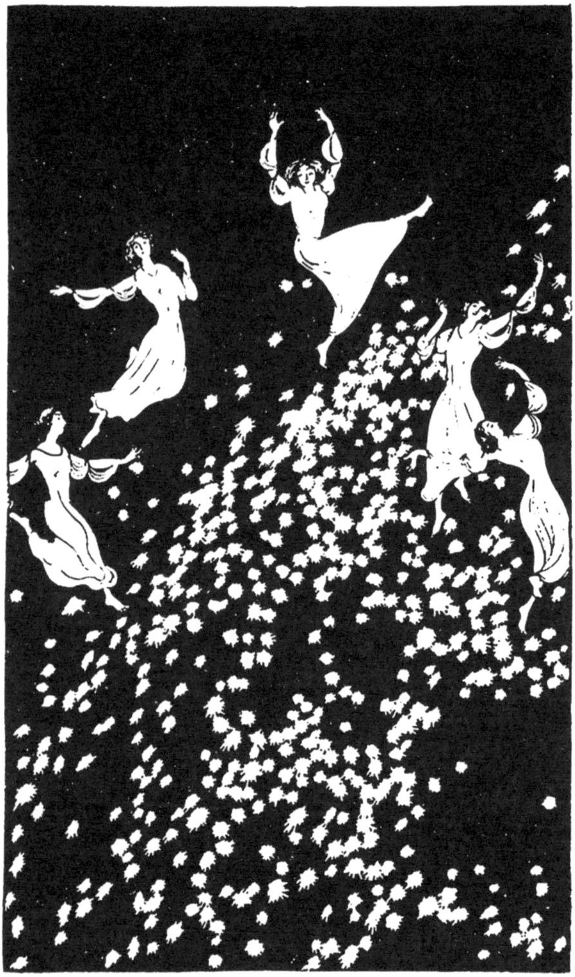

应有尽有的建筑物像城寨一样参差着层叠着，一轩挨一轩地排开去。那其中既有日本金阁寺风格的伽蓝庙宇，也有伊斯兰式建筑的塔亭；既有比比萨斜塔更斜的高台望楼，也有呈杯子形状、越往上端越鼓胀、妖异感十足的殿堂。模仿人面的建筑，纸屑一般凌乱的瓦片房顶，章鱼爪一样盘曲的廊柱，波动的、起漩涡的、弯曲的、挺翘的，千姿百态，或俯伏在地、或摩天触云……

"亲爱的……"

就在这时，我那可爱的女友叫了我一声，轻轻地扯我的衣袖。

"看什么新鲜东西呢，这么入迷？你不是说常来这个公园吗？"

"我来过这里几次。"

感觉不这么说就要丢面子了，我连忙点头称是。

"……可是呢，来过好几次了，我还是着迷。我就是这么喜欢这座公园。"

"哦。"她应了一声，天真烂漫地笑着说，"魔术

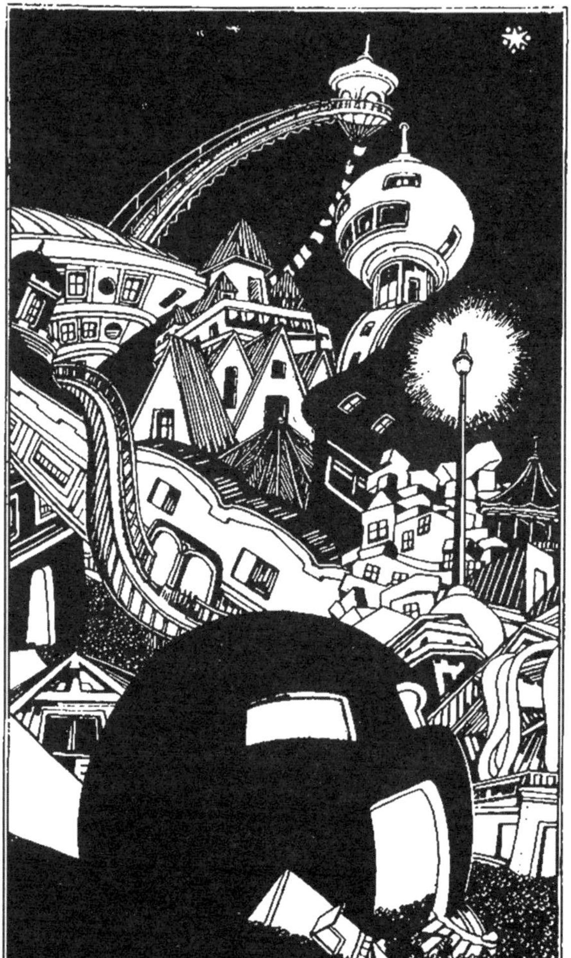

师的戏棚子在那里，走吧，快去吧。"

她扬起左手，指着大道尽头。

从广场去大道，入口处有镰仓大佛体量的赤红的鬼头朝我们瞪视，鬼的眼上是烁烁的电灯，闪着浓郁的祖母绿色，它露出锯齿一般的牙笑着。那生着牙齿的上颚和下颚之间，正好形成一个拱门，众人都是从那里钻过去的。公园整体本来就如熔炉一般亮堂，那条大道更是亮得扎眼，一道火焰从鬼口呼啸着喷出来。我被女友督着奔那火口跳进去的时候，身体简直是被烧焦了的感觉。

两侧鳞次栉比的演出剧场，越走近便越觉得夸张、低俗、异想天开。电影宣传板上是用花里胡哨的画具肆无忌惮地涂抹出来的极其荒唐的场面，每栋建筑物都飘散着用特殊的、难以描述的、令人不快的颜色不留缝隙地涂抹上的油漆的气味，招徕客人的旗啊幡啊，玩偶、乐队以及假面行列，杂七杂八地混作一团。如果把它们一一详细记述下来的话，读者怕是要厌倦地捂上眼睛吧。把我看到这一切的感受用一句话来表述的话,那简直可以说是妙龄女子的脸长了流脓的疮——是美与丑的一种奇妙融合,是把直的、圆的、平整的——一切拥有标准形状的物体世界投向哈哈镜,照映出不规则、滑稽和恶心相交织的混合体。坦率地说,在那里走的时候,我感到了不可测的恐惧和不安,好几次都想转身走掉。

如果不是和女友在一起,我真说不定就中途逃走了。伴着我的恐惧,女友却是越发轻松愉快,像个小孩子似的迈着步子,毫无惧色地向前走。我胆怯的眼神向她看去时,她依然是平常那副兴味十足的无辜的脸,冲着我笑嘻嘻的。

"你这样本分温和的女孩子,为什么能满不在乎地看着这可怕的街景,你是怎么做到的呢?"

我一次又一次想这么问问她,却犹犹豫豫地终归作罢。可我如果真的问了,她会怎么回答呢?"这样的平静,是您带给我的。"她会这样说吗?会说"是因为我有您这位男友的缘故啊。步入爱的幽径的人,没有恐惧,也没有羞耻"吗?是的,她肯定会用这样的话回答我吧。她就是这么百分之百地信任我,纯真地爱着我的。小绵羊一样老实、白雪一样干净的她竟会喜欢这座公园,这的的确确是爱我的证据,是她想把我的兴趣当成自己的兴趣,把我的爱好当成自己的爱好所付出的努力的结果。世上的人或许会说为了我她才堕落。然而,她的兴趣、爱好不论怎样靠近恶魔,她的心、她的心脏,依然没有失去人的温情和品性。

这样一想,我就不能不感谢她了。想到像我这样在人世间什么愿望都没有,只是怀抱着美梦到一个个国家去漂泊、懒惰又孤独的人却得到了这尊贵姑娘的芳心,我就油然生出暴殄天物的痛惜。

"我实在没有资格做这么好的你的恋人。和我一起到这个公园来玩,你实在显得太高贵、太正派了。我要给你一个忠告:离开我,对于你是莫大的幸福。一想到你会变成有胆量镇定地踏足这种地方的女人,我就感到自己罪恶深重。"

我突然这么说，抓着她的双手僵立在来来往往的人群中。可是她还是若无其事般笑嘻嘻的，就像一个丝毫没有察觉自己面临着多么可怕的灭顶深渊的小孩子似的，扑闪着明亮的眼睛，扬着舒展的眉毛。我再三再四地重复着同样的话。

"我很清楚的。都到这会儿了，即使不听您说我也十分清楚，和您一起像现在这样走在这条街上的我，是多么地快乐、多么地幸福啊。如果您怜爱我，那么，就请您永远不要抛弃我，像我毫不猜忌您一样，您也不要猜忌我。"

她仍然用快乐小鸟般爽朗的声音轻松地说出这几句话，之后又催我走。当来到前面说过的那个魔术师的戏棚前时，她说：

"来吧亲爱的，现在我们就要去接受考验了，去看看我们的爱情和魔术师的魔法哪个更强有力吧。我一丁点儿都不害怕，因为我坚信、坚信我自己。"

像是为了激励我去见魔术师，她反复强调着这些话。这么淋漓尽致地让我看到她内心的高贵之美，就算我是再卑劣、再没有骨气的人,也不可能无动于衷。

"方才说那样的话是我不好。你这样纯净的女人和我这样脏污的男人结缘,这种事大概就是世人常说的命运吧。两个人的身体和灵魂,大概在没有出生前就被不可见的宿缘之锁给锁在一起了。你这纯净女人、我这脏污男人,我们俩就是被'必须永远相爱'这个因果所左右着的一对儿。——魔术师算什么,不管是多么不可思议的、多可怕的地狱,我都带着你去。你都不害怕,我还怕什么呢?"

我这样说着,在她的面前跪下来,长长地吻她那神圣的白衣下摆。

魔术师的戏棚在她所说的繁华街区尽头僻静的一角上。从沸腾的闹巷突然进到昏暗阴森的地方,我的情绪与其说是镇静,不如说被悚惧笼罩了,有种大难临头的强烈预感。此前,我惊讶于这个公园没有任何自然景致,树啊林子啊、水啊云啊之类完全缺失,但是来到这个区域才发现，它们被运用在了这里。然而，在这里使用的自然元素绝非为了再现自然风光，相反，完全是作为人造景观、作为那种扭曲技巧的辅助材料被加入的。这样讲也许有的读者会把它想象成爱伦·坡小说《阿恩海姆乐园》《兰多的小屋》所描写的园艺，但这里的人造山水比爱伦·坡的小说中的描绘更加玩弄技巧、更加远离自然。这么说吧，不论是树、草还是水，不论是拱门、看板还是电灯，都无一例外是作为造就某个建筑物的道具来使用的。这里的景色不能称为被缩小的自然或者被修正的自然，称作借用山水之形的建筑物会更贴切。那里的林子和树全都缺少植物欣欣向荣的泼辣生机，而像精巧的仿制品，充斥着"合适"的曲线造型——比起庭园，它让人感觉酷似戏剧的布景，只不过是以树叶代替了画笔、以水代替了波浪画幕布①、以山丘代替了纸糊的假山而已。

---

① 歌舞伎的一种大道具，即一整面绘有波浪的幕布。

把那里的山水比作一个舞台装置去评价，确实是抓住了一种凄惨的、独有的场面，是自然景致无论如何也难以企及的东西。在那里，从一棵树的枝杈到一块石头的样态，都好像富含着忧郁的暗示，是为表达深刻的观念而设置的，我甚至连那是树、那是石头都忘记了，只觉得鬼气森森的。读者大概都知道勃克林画的《死亡之岛》吧？我要描述的场面和那幅画有着类似的氛围，并且是以更阴冷、更晦暗、更寂寞的物象来表现的。首先，第一个极端威慑我的，要数那像屏风一般围绕着的、暗黑、厚重、高高矗立的白杨树林。我辨识出"那是树林"就花了好长时间。为什么呢？因为从远处望去，它的样子几乎让人想不到"树林"。打个比方的话，就好比监狱的围墙，无头无脚，只有黑漆漆的大墙井沿一般围出圆形，向天际耸立着。仔细观瞧，这蜿蜒的壁垒之圆犹如两只巨大的蝙蝠分立左右，幽暗的翅膀从两侧伸展，形成合手相握的形状。越是留意，蝙蝠的眼、耳、手、脚以及翅膀和翅膀间的空隙，就越显示出鲜明的轮廓，像映在纸窗上的皮影一样，清晰地顶立在天地之间。因为构造过于复杂，我难以判断这个巧妙的轮廓是用什么造出来的，也是理所当然的。乍一看是森林，再一看是墙壁，再仔细端详，是巨大的蝙蝠怪。当我弄明白原来这是将大片枝叶繁茂的白杨树林以极其精妙的技术模造出来的怪物的时候，我禁不住惊异和赞叹了。

"您知道是谁设计的这片林子吗？正是那位魔术师！就在前一段时间，他颐指气使地吩咐园艺公司，让把大树源源不断地运来，并在短短的时间内种好。接受工作的众多工人，没有一个去想这林子会种成什么形状，他们只是唯魔术师的命令是从，把树一棵一棵种上而已。当林子就快种完的时候，魔术师显得很愉快，一边笑着喊道：'林子啊林子，成为蝙蝠，威慑人类！'一边把魔杖抬起，向大地叩击了三次。随即，在场的工人都好像偶然间发现了他们这些日子侍弄的白杨树林像个怪鸟影子。从此以后，魔术师的神奇随着这片林子的传闻一道遍及了大街小巷。有人说，实际上树林并没有呈怪鸟之形，是观看的人产生了那种

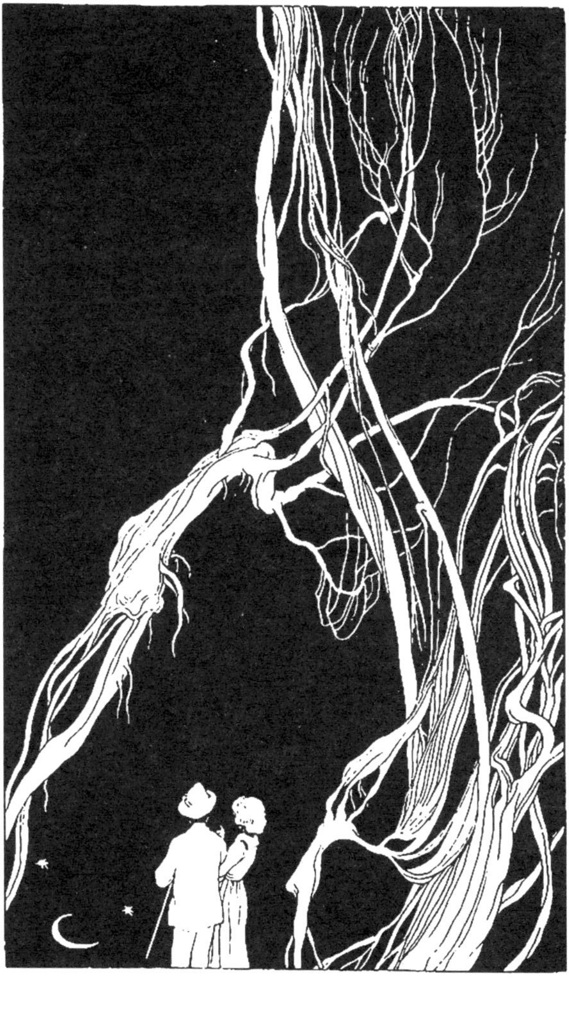

幻觉。然而，不管怎么说，要来魔术师戏棚的人从这里经过，必定会被这影子威慑而心惊胆颤。是林子被施了魔法，还是看林子的人被施了魔法呢？知道这个秘密的只有魔术师本人。"

听她这么一讲，我越发凝眸细细检视起周边的风景来。

魔法森林——这是附近的居民给取的名字——它并不只是外形怪异、非同寻常。半空中有高高的幕布围绕、高悬，内中笼罩着的区域被巧妙地从整个公园的鲜亮中遮盖、区分出来，为营造暗淡、充满诅咒的荒凉气氛发挥了极其重要的作用。被林子围起来的地方有不忍池大小吧，占其大半面积的是沼泽。漆黑的腐水阴沉凝滞，犹如冰面一样暗寒的光弥漫开去。在魔法森林，我对自己的眼睛产生了怀疑。这片沼泽的表面实在太平静，我竟无法判断它到底是湛清的水还是铺设的玻璃。因为那片水域银亮发光，不流也不动地凝固在一处，的确感觉和玻璃一样，如果扔过去一块石头，仿佛一定会"嘎嘎"地被弹回来。这死一样肃寂、庄严的沼泽中央,浮着一个辨不出是岛还是船的山丘样的物体,"魔术王国"的字迹发着蓝色的微光,凝聚成一个光点,如同暗夜中的长明星亮在物体的顶尖上。

现在稍微细说一下"山丘样的物体"。它是突兀的岩石,酷似地狱画中的刀山。三角形、矛尖一样锐利的岩石参差叠嶂、草木不生、人烟不见,默默地盘踞着。虽然有了"魔术王国"的招牌,但眼前的诸物看过来,却完全无法知道招牌上那个"王国"在哪里。

"在那里!那里是戏棚的入口。"

她话音刚落,我顺着她手指的方向望去,原来在招牌近旁,岩石与岩石之间夹着一个既小又窄的铁门似的东西,一条细长且岌岌可危的便桥从我们所立足的沼泽近旁一直延伸到那个小门前面。

"可是那个小门好像牢牢地锁着呢,看不到有观众进进出出,也完全听不到人声人语啊,真的会有魔术表演吗?"

我仿佛在自言自语,她听了立即颔首道:

"对的,大概魔术表演进入佳境了吧。听说这位魔术师和普通耍花招的魔术师不同,表演过程中从不掺水、从不要掌声,魔术相当深妙、敏捷。听说观众的状态也很不寻常,屏声敛气,整个身体像被泼了水似的僵直,偶尔悄悄泄出一声叹息。从这安静劲儿来推断,现在,肯定是魔术表演的高潮时刻。"

她说这话的声音不知是因为无法抑制的恐怖还是异常兴奋的缘故,竟好似沙哑和颤抖着。这可是从未有过的。

我们两个自此陷入沉默,开始过那座连着岛屿的便桥。

刚刚走进门来五六步,这之前已经适应了阴森黑暗世界的我的瞳仁,立刻被满场炫目的光线刺中,一剜一剜地痛。这个呈土块垒就外观的魔术王国,其内部出人意料地有着大剧场的金碧辉煌。柱子和天井上连绵雄伟的装饰,在煌煌的灯光映照下璀璨醒目。场内所有的席位都坐满了人，入口、二楼、三楼都挤满了观众，挤得连挪动一下身子都不能。观众中中国人、印度人、欧洲人等穿着不同服装的各色人种都被网罗于此，但是不知为什么，日本人打扮的除了我们以外就没看到其他人了。此外，在特等席包厢内，这座都城中不轻易移步公园这种场所的上流社会的绅士和贵妇人端坐其间，是衣着华丽的一群。他们中有一位妇人，大概是忌惮身份外泄吧，像伊斯兰教徒女人那样戴上面纱，缩着肩膀躲在别人的影子里面。然而，她投向舞台的那对瞳仁却泄露了秘密，昭示出她的身份和呼之欲出的情欲。绅士当中有这个国家的大政治家、大实业家、艺术家、宗教家、富家子，等等。可谓各方名士交集一处。我觉得这当中的很多张脸我好像都曾多次看过照片。他们有人长得像拿破仑，有人像俾斯麦，有人轮廓似但丁，有人似拜伦，还有尼禄、苏格拉底，还有歌德、唐璜。他们为什么都到这魔术王国来了？我能解释这其中的原因。无论是圣人还是暴君，无论是诗人还是学者，大家到底都有一颗被不可思议的东西所吸引的心。他们会说是为研究而来、为见识而来、为传道而来，也许他们自己就相信是这样的吧。但是如果要我来说，那就是，他们的灵魂深处潜藏着——只是程度不同而已——和我感受同样的美、和我做同样的梦的天分。他们只是没有像我一样意识到这一点，又或许只是不置可否罢了。我漫无边际地这么想了一下。

我和恋人拨开由中国人的辫子、黑人的头帕和妇人们的帽子组成的波浪汹涌、错综交织的人群，千辛万苦地在坐席中占住了两个位子。舞台和我们之间少说也隔着五六排椅子，椅子上坐着的大部分是年轻的欧洲女人，身穿潇洒的初夏衣装。欧洲女人有着筋肉匀称的光洁颈项，她们如天鹅一般聚在一起。我的视线越过好几排的女人们的肩膀，投向了她们对面的舞台。

舞台背景是一整面低垂的黑幕，中央高出一节的台阶上放着一个漂亮、气派的玉座，简直就像国王的宝座一般。这就是只有"魔术王国"之王才能落座的地方吧。只见一位极其年轻的魔术师头顶活蛇盘就之冠，身着古代罗马之袍，脚蹬黄金打造之履，端然独坐其上。台阶下面，玉座的左右两边，分别有男女助手各三名，奴隶一般敬畏着，脚心暴露于观众，卑贱地以额触地。舞台的装置与台上人物仅此而已，可谓简单得过了头。

我从上衣口袋里掏出入门时拿到的节目单，打开来看，上面写着大概二三十个节目，不论哪一个都令人产生那是前所未有的、惊天动地的魔术的想象。以最为引发我好奇心的两三种为例。首先就是催眠术。根据小字说明可知，由于将对剧场内全体观众催眠，所以场内所有人会依魔术师发出的暗示产生错觉。比方说，假如魔术师说"现在是清晨五点钟"，人们就会看见清新的朝阳，也会发现不知什么时候自己的怀表指向了五点钟。说"这里是荒原"，则荒原就扑入眼帘；说"大海"，便看到海；说"下雨了"，身上的

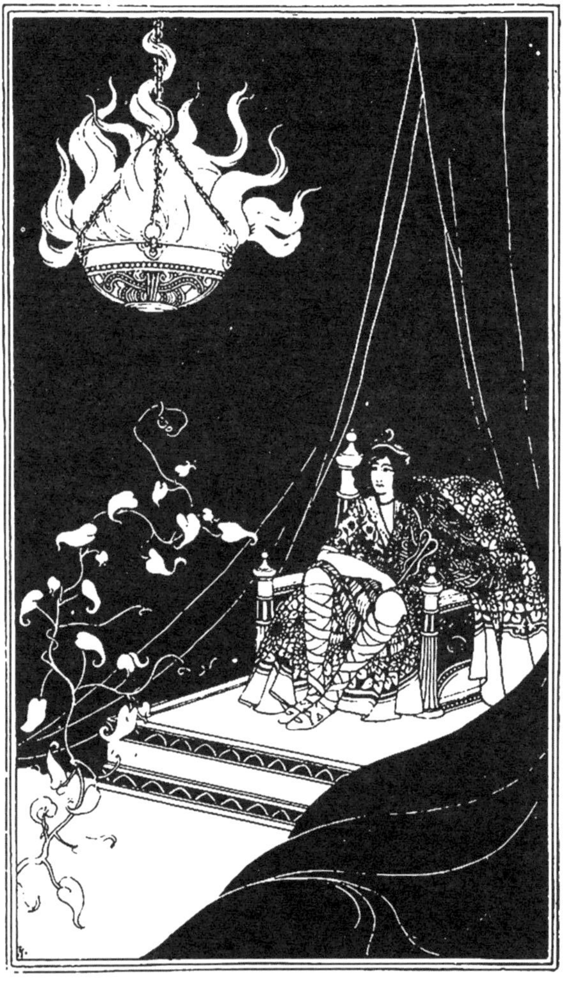

衣服就变得透湿……第二个就是恐怖的"时间短缩"妖术。魔术师取一粒植物种子播入土中，徐徐地念动咒语，十分钟之内，种子将发出芽、长出茎、开出花、结出果。而那种子，最好就是由观众随便从什么地方采来的。即便是高挺入云的树干，郁郁繁盛、遮天蔽日的枝叶，都必定能够在十分钟之内长成。与此类似，但更加瘆人的是以"不可思议的妊娠"命名的魔术。这个魔术也同样是凭咒语的力量，可以在十分钟内让女人怀孕并且分娩。配合这个魔术的女人多数情况下是"王国"的女奴隶，但是节目单上写着"假若来看魔术表演的观众中有愿意参与进来的妇人，则更是求之不得的"。读了上述这两例，读者就该大体了解这个魔术师与玩弄把戏的凡庸之辈有多么不同了吧。

非常遗憾的是，我入场的时候节目单上的大部分魔术已经表演完了，只剩下最后一个还未开演。我们就座后不久，玉座上端坐的魔术师缓缓地站起身来，移步至舞台前端，孩子似的板着脸，用饱含着可爱和羞涩的低沉声音对即将表演的魔术做了说明。

"……现在，作为今晚最后的节目，我想在此向诸位来宾介绍最为有趣、最为难解的幻术。我暂且用'人体变形法'来命名这种幻术。也就是说，我以咒语之力能把任意一个人的肉体即刻变成任意别的物体——可以变成鸟、虫、兽，或者任意一种无生命的物体，比方水、酒一类的液体，总之，是可以按诸位所希望的样子变形的。抑或，并非全身整体变形，而只改变头或脚、肩或臀之类的身体局部也是做得到的……"

在我，较之魔术师细细道来的流畅语言，更被他艳冶的眉眼和绰约的丰姿俘获了心。我心旷神驰，睁大了眼睛。我早已经听说他具有超凡的美貌，即便如此，我发现我根据传闻想象的容貌与他实际的外貌相比，那种美丽不可同日而语。尤其让人意外的是，我本以为魔术师不过是个年轻男子罢了，但实际上他究竟是男还是女，居然没有人能够辨别。让女人说，会说他是绝世俊男吧；如果让男人说，也许要说这是旷古美女啊。我观察他的骨骼、筋肉、动作和声音等一切方面，看到的是男性的高雅、智慧、生龙活虎和女性的柔媚、纤细、阴险，两种特质组合在一起，浑然天成。比如他那蓬松的栗色头发、瓜子脸、柔嫩丰腴的两腮、鲜红细巧的嘴唇、优雅而不失强健的手足等等。其一点一划般微妙协调的身材，正犹如十五六岁的、性特征还没有充分发育的少女或者少男的体态。另外，关于他的外形我还有一个不可思议的疑问，就是他到底出生于何处，是什么人种？这恐怕是看到他肤色的任何人都理所当然要产生的疑问。这个男人或者说女人，绝对不是纯粹的白种人，也不是蒙古人、黑人，一定要比较的话，他的相貌和骨骼似乎和被誉为世界美人出产地的高加索种属有很多相近之处，然而更贴切地表述是，他的肉体是取所有人种的长处和美构成的最为复杂的混血儿，并且可以说是人之美的最完善的呈现。无论对什么人而言，他都有异域风情的魅力；无论在男人还是女人面前，他都有施展性之魅惑的资本，使众人心旌摇动。

"……下面，我想先和大家来商量一下……"

魔术师继续说道。

"我首先做个试验。把匍匐在这里的六个奴隶一个一个地施加身体变形给你们看。但是，为了证实我的妖术到底有多么神秘，是怎样的奇迹，我特别希望在座的绅士、淑女们能积极地让我施以魔术。从我在这个公园表演魔术开始，到今晚，已经两个月有余。这期间每天晚上都一样，观众中的有志者们，经常是很多人，为了我登上舞台，心甘情愿地为魔术做牺牲。牺牲——是的，那的确是一种牺牲，以尊贵的人的形象，被我以法力变成狗、变成猪、变成石头、变成粪土。如果没有众目睽睽之下献丑的勇气，是绝对不会来到这个舞台上的。即便是献丑，我每天晚上仍然能在观众席中，发现数位特立独行的牺牲者，听说其中也有身份不低的贵公子、贵妇人悄悄地加入了牺牲者行列。为此，我相信，今晚也必定一如前例，有志者辈出，一个接着一个地走上舞台来，我对此深感荣幸。"

说完这些话，魔术师苍白的面颊上浮出带着得意的凄惨微笑。而众多观众听他这番艺高人胆大的话，领受他傲慢的态度，渐渐地，就好似进入了被他附上魂、俘去心一样的状态。

不一会儿，魔术师从群雕一般跪伏在玉座前的奴隶中点出一个可怜的美女。那女人仿佛是梦游症患者似的，摇摇晃晃地向魔术师面前迈出步子，一边在那里战栗着，一边如松了拉线的木偶人一般无力地垂下头去。

"你是我的奴隶中我最喜欢的、最可爱的女人。你再忍耐五六年，我必定让你成为了不起的魔术师——人类自不必说，就连神和恶魔也望尘莫及的、世界第一的魔法强人。成为我的家奴，想必你一定感到很幸福吧？你已经领悟到了吧，比起做人间的女王，成为魔之王国的奴隶不知要幸福多少倍吧？"

魔术师踩着那女人垂落在舞台上的长长的头发，挺身而立，郑重其事地说出下面的话：

"好了，接下来又要进行变形术表演了。今晚你想变成什么？如你所知，我是非常慈悲的王，一切都会依你的盼望满足你的。来吧，说出你喜欢的东西吧。"

他用仿佛施舍恩宠一样的语调说。

这时，简直跟石膏一样僵硬着的女人的整个身体，忽然间就像通了电流似的、一声不响地颤抖起来，随即，如化了冰的河水一般，她的嘴唇翕动起来。

"啊，我的王，感谢您！今晚我想变成一尾美丽的孔雀，飞绕在您的玉座上方，一圈一圈地盘旋。"

说着，宛如婆罗门行者祈祷一样，两只手高举向天，合掌请求。

魔术师愉悦地颔首，立即，口中念念有词地诵起咒文。原本说要用十分钟，可是直到女人的五体完全被孔雀羽毛遮盖住，大概也就用了不足五分钟吧，之后，在剩余的五分钟里，肩膀以上尚且是人的部分，一点一点地向孔雀的模样变化。在后面这五分钟的最初，还顶着年轻女人容貌的孔雀，抬起眼睛欢喜地微笑着，接着恍惚地合上双目、眉头聚拢，一点一点向孔雀头过渡。这整个过程的每一个瞬间都让我感受到诗一样的意境。在十分钟结束的那一刻，化作一尾孔雀的她飒爽英姿、赫赫有声地振动翅膀，飘然飞升。在观众席的天井盘旋两三圈后，她飞回玉座旁的一瞬宛如一朵锦云，静静地降落在台阶上，雀尾的羽毛哗地张开，犹如彩扇一般舒展。

余下的五个奴隶也都一个接着一个地被招至魔王面前，一个接着一个地被施以妖术。三个男奴隶中，一个说想变成豹子皮，铺在王者的玉座上；两个说想变成两支纯银烛台，照亮台阶两侧；最后两个女奴隶想变成两只温柔的蝴蝶，轻盈地围绕在王者身前身后。他们五个的愿望都立刻得到了满足。

破天荒亲眼看见这许多妙技的满场观众，被惊得屏住惊呼，都怀疑自己的视觉出了问题，茫然自失地呆坐在那里。特别是当第一个男奴隶被魔术师的魔杖敲击成一张煎饼那样薄、随即向美丽的豹皮转变的那一刹那，有一声短促的痛苦呻吟传了出来，瞬间，我看到坐在我前面的女人颤抖地遮住脸，抱住同来的男子。

"怎么样啊诸位……有谁想成为牺牲者？"

魔术师比之先前更带上胜者的得色，一边戏弄着身边两只翻飞的蝴蝶，一边在舞台上来来回回地踱着步。

"……诸位觉得成为魔术王国的俘虏那么难堪吗？那么执着于人的威严和形象值得吗？为了我而被变形的奴隶，也许诸位感到他们卑微、可怜，可是，他们虽然外观或是蝴蝶，或是孔雀，或是豹皮，或是烛台，但是他们并没有失去人的感情和感知，而且，他们心中充溢着你们做梦都无法知晓的、无边的愉悦和欢喜。他们的心在如何感受着幸福，我想体验过一次我魔术的那些人应该是知道的……"

魔术师说着环视场内一周，人们也许是害怕被他的眼神掠到而被催眠吧，所有人一下子都缩起肩膀，趴在膝盖上。就在这当儿，随着簌簌的衣服摩擦声，

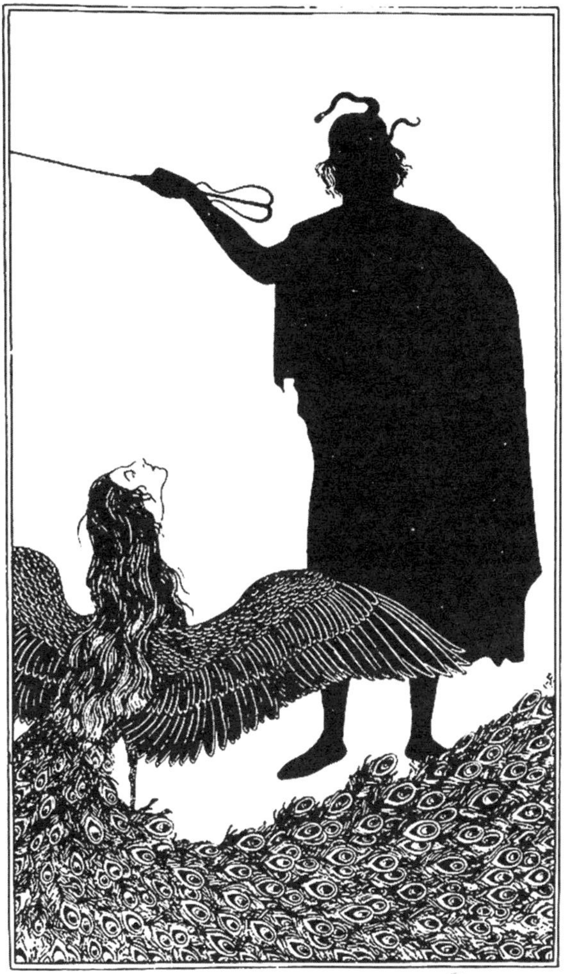

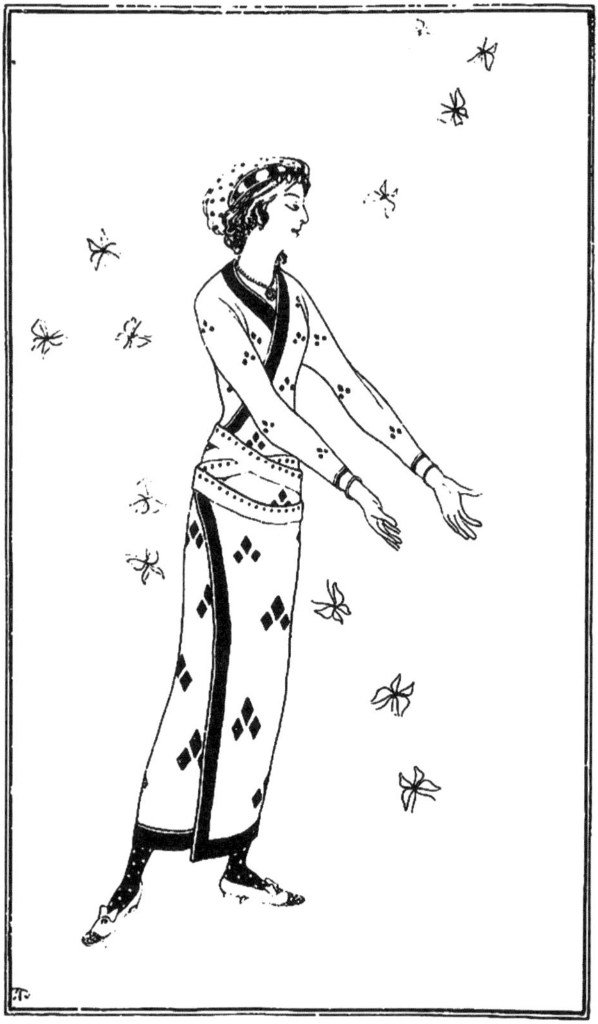

一阵微弱的女人的脚步声从入口附近的一角传来,向舞台方向走去。这声音打破了深深的沉默。

"……魔术师啊,您一定记得我吧?比起您的魔术,我更迷恋您的美貌。昨天和今天我都来看表演了。如果您能把我加入牺牲者的行列,那么,我就当成我的恋爱如愿以偿了,我就能放下了。请吧,请把我变作一双穿在您脚下的金拖鞋吧。"

这声音引诱着我怯生生地抬起脸来,看到了刚才还在特等席上戴着面纱的妇人,犹如殉道者似的匍匐着拜倒在魔术师的面前。

被魔术师的魅力所吸引,蹒跚着朝舞台走去的男男女女,在覆面妇人之后还有数十人之多,并且,成为第二十位牺牲者的,不可思议,正是如醉如痴地离开座位的我自己。

那一刻,我的恋人紧紧抓住我的衣袖,潸然落泪道:

"啊,您到底是输给了魔术师!我爱您的这颗心,即使面对魔术师的美貌也无所动摇，您却被他迷惑而忘记了我。您扔下我转而想侍奉那魔术师。您怎么竟是这样一个没有定力的薄情汉啊！"

"我就是你说的那种没定力的人。我就是被魔术师的美貌迷住了，忘掉你了。我的确输了，可是在我这里，比起胜和败，还有更重要的问题。"

就在这之间，我的魂儿仿佛是被磁铁吸引的铁片，奔向魔术师。

"魔术师啊，我想变成半羊神。变成半羊神，然后在您的玉座前狂舞。请吧，请满足我的愿望，把我当作奴隶役使吧。"

我跑上舞台，谵语一般说个不停。

"很好。很好。你的愿望太适合你了。你从最初就没有必要生而为人。"

魔术师哈哈哈干笑几声，用魔法杖在我背上抽了一杖，眼见着，我的两只脚就生出了浓密的羊毛，头上现出了两只羊角。与此同时，我的胸中属于人的良心苦闷消失得干干净净，好似太阳一般晴朗、犹如大海一般壮阔的愉悦之情喷涌而出。

有好一会儿,我沉浸于至上至福之中,在舞台上飘转奔绕、尽情撒欢儿。可是,我这快乐并没持续多久,就被我前女友给破坏了。

追着我的脚步,慌忙登上舞台的她,冲着魔术师说出这番话来:

"我不是被您的美貌和魔法迷惑才来到这台上的。我是为了夺回我的恋人才来的。快快把那个变成可憎的半羊神的男人变回人身吧!假如变不回来了的话,就快点把我变成和他一样的形貌吧!就算他要抛弃我,我也永远不会抛弃他。他成了半羊神,我也要成半羊神。无论他去哪里,我都要跟着去。"

"很好。如此,我把你也变成半羊神。"

魔术师话音未落,她立刻就变成一个丑陋的、被诅咒的半人半兽之体。她盯着我,猛然向我跑过来。一瞬间,她用自己的角牢牢地钩住了我的角。这两颗头颅,任你飞任你跳,都无法再分开了。

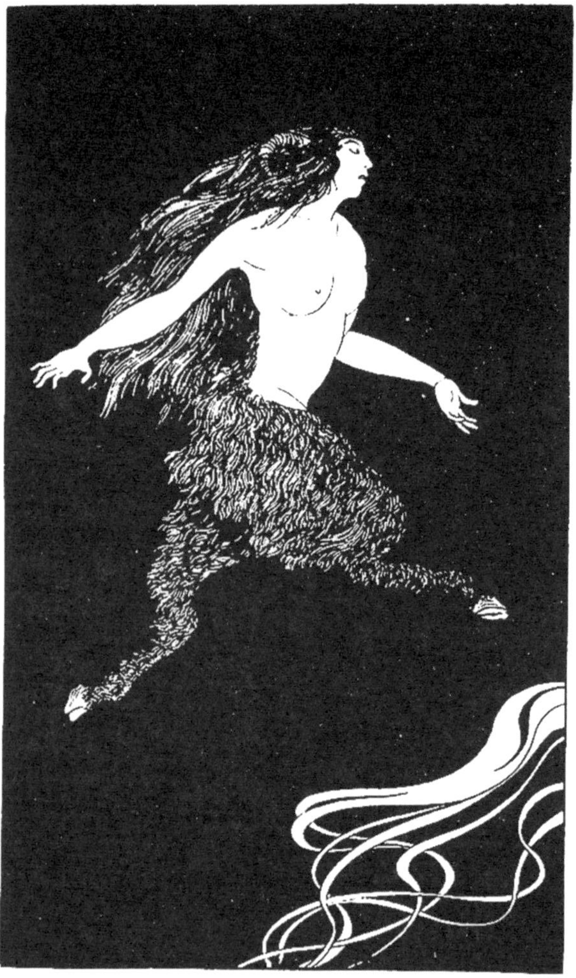

谷崎潤一郎
人魚の嘆き・魔術師

图书在版编目（CIP）数据

人鱼的叹息；魔术师 /（日）谷崎润一郎著；秦岚译. -- 上海：上海译文出版社，2024.8. --（谷崎润一郎作品系列）. -- ISBN 978-7-5327-9561-1

I. I313.45

中国国家版本馆CIP数据核字第2024DK7029号

人鱼的叹息·魔术师	［日］谷崎润一郎 著	出版统筹 赵武平
人魚の嘆き·魔術師	秦 岚 译	责任编辑 许明珠 董申琪
		装帧设计 尚燕平

上海译文出版社有限公司出版、发行
网址：www.yiwen.com.cn
201101　上海市闵行区号景路159弄B座
苏州市越洋印刷有限公司印刷

开本 787×1092　1/32　印张 3.25　插页 5　字数 27,000
2024年8月第1版　2024年8月第1次印刷

ISBN 978-7-5327-9561-1/I·5989
定价：40.00元

本书中文简体字专有出版权归本社独家所有，非经本社同意不得转载、摘编或复制
如有质量问题，请与承印厂质量科联系。T: 0512-68180628